Marilyn Edwards arbeitet in der Verlagsbranche.
Sie lebt mit ihrem Mann, ihrem Sohn und den drei Katzen
Fannie, Titus und Pushkin in Hertfordhire. Dies ist der
zweite Band ihrer autobiografischen Katzenserie.

Weitere Titel der Autorin:

Die Katzen von Moon Cottage

Marilyn Edwards

Neue Katzengeschichten von Moon Cottage

Mit Illustrationen
von Peter Warner

Übersetzung aus dem Englischen
von Cécile G. Lecaux

BASTEI
LÜBBE
TASCHENBUCH

BASTEI LÜBBE TASCHENBUCH
Band 16515

1. Auflage: Dezember 2010

Vollständige Taschenbuchausgabe

Bastei Lübbe Taschenbuch
in der Bastei Lübbe GmbH & Co. KG

Deutsche Erstausgabe

Für die Originalausgabe:
Copyright © 2004 by Marilyn Edwards
Illustrations copyright © 2004 Peter Warner
Titel der englischen Originalausgabe:
»More Cat Tales from Moon Cottage«
Originalverlag: Hodder & Stoughton

Für die deutschsprachige Ausgabe:
Copyright © 2010 by Bastei Lübbe GmbH & Co. KG, Köln
Textredaktion: Dorothee Cabras
Titelillustration: © David Warner
Umschlaggestaltung: Gisela Kullowatz unter Verwendung
eines Entwurfs von Hodder & Straighton
Autorenfoto: © Kate Redcliffe
Satz: Dörlemann Satz, Lemförde
Gesetzt aus der Berkeley Oldstyle Medium
Druck und Verarbeitung: CPI – Ebner & Spiegel, Ulm
Printed in Germany
ISBN 978-3-404-16515-5

Sie finden uns im Internet unter
www.luebbe.de
Bitte beachten Sie auch: www.lesejury.de

Der Preis dieses Bandes versteht sich einschließlich
der gesetzlichen Mehrwertsteuer.

Zum Gedenken an
Giles Alexander Esmé Gordon
(1940–2003)

KAPITEL 1

Sommer

Als ich den sperrigen Transportkäfig mit seinen unglücklichen Insassen über die Hauptstraße schleppe, tun mir die kläglichen Laute, die aus dem Inneren der Kiste dringen, in der Seele weh. Mühsam bugsiere ich die Transportbox mitsamt ihrem protestierenden Inhalt auf den Rücksitz meines Wagens.

»Wie oft muss ich euch noch sagen, dass es zu eurem eigenen Besten ist?«, schimpfe ich, während ich mich auf dem Fahrersitz anschnalle, was die beiden einjährigen Katzen jedoch nicht im Mindesten zu beeindrucken scheint.

Tatsächlich wird meine Ermahnung mit noch lauterem Gezeter der Stubentiger im Fond quittiert, als der Wagen sich leicht schaukelnd in den dichten Verkehr einfädelt. Wir sind auf dem Weg in die Tierklinik zur jährlichen Auffrischungsimpfung gegen Katzenschnupfen und diverse andere Katzenkrankheiten.

Unsere Ankunft tun wir lauthals kund. Das heißt, zumindest einige von uns – genauer gesagt: zwei – sorgen dafür, dass unser Eintreffen nicht unbemerkt bleibt. Ich für meinen Teil verhalte mich im Gegensatz zu meiner Fracht eher still und lasse meine Stimmbänder ruhen. Als wir an der Reihe sind, hieve ich die Transportkiste mitsamt ihrem immer noch aus Leibeskräften jammernden Inhalt auf den Behandlungstisch, damit Tierärztin Kate die Katzenmädchen begutachten kann. Sie kennt die zwei bereits, aber heute hat sie das erste Mal Gelegenheit, sie eingehend zu untersuchen. Als sie die Tür der Transportkiste öffnet, verstummen beide Stubentiger abrupt, und sie hebt vorsichtig das Kätzchen heraus, das am weitesten vorn sitzt: die kleine rot getigerte Hauskatze mit den faszinierenden bernsteinfarbenen Augen, der weißen Brust und den vier weißen Söckchen.

»Wen haben wir denn hier?«

»Das ist Titus«, antworte ich.

»Du bist eine wahre Schönheit, aber was sehe ich da? Du hast ja einen richtigen Schürzenansatz.«

»Was um alles in der Welt ist eine Schürze?«, frage ich überrascht.

Kate lacht. »So nennt man diese Fettrolle.« Sie bewegt mit einer Hand Titus wabbeligen Unterbauch. Ich hatte bisher immer angenommen, dort wäre lediglich das Fell besonders dicht. »Rote Katzen bekommen ganz besonders gern solche Fettschürzen. Wenn sie älter werden, muss man sie sehr genau beobachten, da sie zu Übergewicht neigen.«

Titus, die bis dahin reglos auf dem Behandlungstisch gekauert hat, blickt nun mit einem beinahe verzückt anmutenden Ausdruck grenzenlosen Vertrauens zu Kate auf.

»Du bist eine ganz Ruhige, stimmt's, Schätzchen?«, murmelt sie.

Titus rollt sich auf den Rücken, um sich den pummeligen Bauch kraulen zu lassen.

»Sie hat einen Jungennamen. Wie kommt das?«

»Ah! Nun ja ... Wir dachten anfangs, sie wäre ein Kater,

und als sie dann hier in der Klinik als Katze geoutet wurde, hatten wir uns bereits zu sehr an den Namen gewöhnt. Darum haben wir es dabei belassen.« Schulterzuckend füge ich hinzu: »Wir haben sie nach Titus Groan benannt.«

»Ach so, nicht nach Titus Andronicus?«, entgegnet sie, und mir ist, als läge ein Anflug von Spott in ihrer Stimme. Da ich damit rechnen muss, dass auch der Name ihrer Schwester Verwunderung hervorrufen wird, beschließe ich, der unausweichlichen Frage zuvorzukommen.

»Beide sind nach Autoren oder Charakteren aus der Literatur benannt«, erkläre ich trotzig. »Die Frau, von der wir ihre Mutter bekommen haben, ist eine Autorin, die ich sehr bewundere, und da kam es uns ganz folgerichtig vor.«

Ich erwähne nicht, dass besagte Mutter der beiden Kätzchen bereits entsprechend vorbelastet war, als wir sie bekamen. Sie war auf den ziemlich hochfahrenden Namen Ottoline Morrell[1] getauft, was einen Kollegen von Kate hier in der Klinik seinerzeit derart aus der Fassung brachte, dass er sich strikt weigerte, ihren vollen Namen in die Patientenakte ein-

---

[1] Englische Aristokratin und Kunstmäzenin (1873–1938).

zutragen. Dagegen ist Titus, auch wenn es ein Jungenname ist, noch harmlos.

Nachdem Kate Titus ausgiebig gekrault und von allen Seiten unter die Lupe genommen hat, schließt sie die Untersuchung ab, indem sie der rundlichen, schnurrenden Samtpfote ebenso schnell wie effizient eine Spritze verabreicht, was dieser gerade mal ein träges Blinzeln entlockt. Die Tierärztin setzt sie zurück in die Kiste und holt ihre viel kleinere Schwester heraus. Sie hält nun eine schildpattfarbene Katze in der Hand, bei der das Schwarz zwar dominiert, die jedoch silbergrau getigerte sowie vereinzelte rote Partien aufweist. Vorsichtig setzt sie das Katzenmädchen auf dem Behandlungstisch ab. Die Samtpfote kauert sich, zitternd und kläglich maunzend, auf die Gummimatte des Tisches. Kate nimmt sie wieder hoch, streichelt sie und redet beruhigend auf sie ein.

»Alles in Ordnung, Schätzchen, kein Grund zur Aufregung, alles ist gut.«

Nach einer Weile hört das Jammern auf, das Kätzchen fährt die Krallen wieder ein, die bis dahin tief im Stoff des weißen Kittels vergraben waren, und entspannt sich sichtlich. Sie spitzt aufmerksam die Ohren und schnuppert neugierig an Kates Ohr.

»Und wie heißt diese junge Dame, wenn ich fragen darf?«

»Das ist Fannie«, sage ich in die hierauf folgende erwartungsvolle Stille hinein. »Nach der amerikanischen Autorin Fannie Flagg. Sie ist eine wundervolle Schriftstellerin, die einem den Glauben an das Gute im Menschen zurückgibt.«

»Mmmmm!«, entgegnet Kate neutral, woraus ich schließe, dass dies nicht der richtige Zeitpunkt ist für einen Vortrag über die fantastische Fannie Flagg.

Kate untersucht Ohren, Nase und Zähne des Kätzchens. »Du hast strahlend weiße Zähne, du kluges Mädchen. Da gibt es nichts zu beanstanden.« Und so wird auch Fannie für rundum gesund erklärt. Sie bekommt nun ebenfalls ihre Spritze und protestiert lautstark, als die Nadel in die Haut im Nacken sticht.

»So, schon vorbei. Kein Grund, sich so aufzuregen.« Kate massiert die Einstichstelle einen Moment und setzt Fannie dann zu ihrer Schwester in die Kiste.

Tröstend lecken die beiden sich gegenseitig die Nase.

»Wie alt sind die zwei noch gleich?«

»Sie sind letztes Jahr Ende April geboren, also ein gutes Jahr alt. Vierzehn Monate, um genau zu sein.«

»Wäre es dann nicht an der Zeit, sie kastrieren zu lassen? Normalerweise erfolgt der Eingriff im Alter von sechs bis acht Monaten.«

»Ich möchte, dass jede der beiden einen Wurf bekommt. Anschließend werden sie dann sofort kastriert.«

Wir diskutieren noch über die Risiken einer Trächtigkeit und Geburt im Vergleich zu jenen einer Kastration. Ich selbst habe mich leider immer vergeblich danach gesehnt, Kinder zu bekommen, und darum möchte ich meinen beiden Mädchen diese Frustration ersparen.

»Ich habe eine lange Liste von Freunden und Kollegen, die alle schon mal Katzen hatten und den Welpen ein wundervolles neues Zuhause bieten werden. Der Katzennachwuchs ist praktisch schon im Voraus vergeben, ich weiß also, dass alle gut untergebracht werden. Ich gehe die Sache verantwortungsvoll an und bin mir voll und ganz darüber im Klaren, worauf ich mich einlasse. Im Büro bin ich jetzt schon die inoffizielle Vermittlerin von liebevollen Adoptiveltern für Kätzchen in Not!«

Bei diesen Worten lächelt Kate, und ich fühle mich gleich besser.

»Außerdem würden wir selbst jeweils ein Kätzchen aus jedem Wurf behalten«, füge ich hinzu, auch wenn ich bei dieser

Aussage von Gewissensbissen geplagt werde, da ich Michael, meinen langjährigen leidgeprüften Göttergatten, hierüber noch nicht abschließend informiert habe. Zwar hat er zugestimmt, dass wir ein Kätzchen behalten, ich bin mir aber nicht sicher, ob der Punkt »eines *pro Wurf*« bereits angesprochen wurde.

»Wenn Sie das wirklich umsetzen möchten, sollten Sie die Mädchen spätestens mit zweieinhalb, drei Jahren decken lassen.« Warnend fügt sie hinzu: »Wenn Sie sie nicht kastrieren lassen, sie aber auch keine Jungen bekommen, besteht eine hohe Wahrscheinlichkeit, dass sich früher oder später Erkrankungen der Fortpflanzungsorgane einstellen.«

Ich schlucke, beschließe jedoch, das Thema »Nachwuchs« nicht weiter zu vertiefen, da mir bewusst ist, dass ich noch eine weitere Hürde zu überwinden habe. Die ergibt sich dann auch prompt aus der nächsten Frage. Kate holt eine Wurmkur aus der Schublade.

»Die zwei sind doch Freigänger, oder? Wann sind sie das letzte Mal entwurmt worden?«

»Also, sie sind reine Hauskatzen, und entwurmt habe ich sie noch gar nicht.« Kate ist die Tierärztin, der seinerzeit die traurige Aufgabe zugefallen war, unseren alten, krebskranken Kater Septi zu erlösen, und bei dieser Gelegenheit hatte sie auch unsere beiden Katzenmädchen kennengelernt. Ich erinnere sie daran, dass Otto, die Mutter der zwei, auf der Straße direkt vor dem Moon Cottage überfahren wurde, als ihre gerade mal sieben Wochen alten Kinder noch nicht mehr von der Welt kennengelernt hatten als das Schlafzimmer, in dem sie geboren worden waren. Ottos Tod hatte uns das Herz gebrochen, ebenso wie unserem guten alten Septi. Uns war damals klar geworden, dass es, wenn wir die beiden hinausließen, nur eine Frage der Zeit wäre, bis sie das gleiche Schicksal erleiden würden wie ihre Mutter.

Kate nickt verständnisvoll, äußert aber dennoch ihre Überzeugung, dass man Katzen hinauslassen sollte, auch auf die Gefahr hin, dass dies eine kürzere Lebensspanne für sie bedeute.

»Einen solchen Schmerz würde ich nicht so bald wieder verkraften, zumal wir ja zwei Katzen innerhalb kürzester Zeit verloren haben«, erwidere ich selbstsüchtig. Fannie und Titus sind alles, was mir von Otto geblieben ist.

Nachdem sie mich davon überzeugt hat, dass die beiden Mädchen trotzdem eine Wurmkur brauchen, fragt sie lachend, wie meine zwei trächtig werden sollen, wenn sie nicht hinausdürfen. Ich gebe ehrlich zu, dass ich noch keinen Schimmer habe, wie ich das bewerkstelligen soll. Noch habe ich dieses Problem nicht gelöst, aber ich verspreche, Kate auf dem Laufenden zu halten. Hierauf schnappe ich mir die Samtpfoten, die wie schon auf der Hinfahrt fürchterlich jammern, und befördere sie zurück ins traute Heim.

KAPITEL 2

Unsere beiden Damen sind die unangefochtenen Alleinherrscherinnen über das Moon Cottage und seine sämtlichen Bewohner. Derzeit handelt es sich hierbei um Michael, seinen Sohn John, meine Wenigkeit, die Katzenchronistin, sowie sporadisch Johns Brüder Damian und Oliver.

Die Katzen werden langsam erwachsen und legen ihr kindliches Wesen nach und nach ab. Zwar spielen sie immer noch gern, ebenso miteinander wie mit ihren menschlichen Gefährten, doch ihre Aktivitäten unterscheiden sich bereits deutlich von ihrem früheren Klettern, Kraxeln, Kratzen, Beißen, Treten und Purzelbaumschlagen, wilde Spiele, die oft genug mit Kollateralschäden an der Einrichtung einhergingen und die Racker völlig auslaugten. Das Spiel fand regelmäßig ein abruptes Ende, indem die beiden völlig erschöpft einschliefen. Zufällige Beobachter, vor allem jene, deren Beine übel zerkratzt worden waren, nachdem sie den zwei Schlingeln als Kletterbaum gedient hatten, schüttelten nur betrübt den Kopf und kommentierten das wilde Treiben bestenfalls mit den Worten:

»Werden die beiden denn nie erwachsen?« Ich bin ziemlich sicher, dass in meiner Abwesenheit noch ganz andere

Kommentare fielen, die Betroffenen nur zu höflich waren auszusprechen, was sie tatsächlich dachten.

Fakt ist, dass unsere Katzenmädchen ihren einstmals scheinbar unstillbaren Hunger nach Abenteuern verlieren und sich in ernste, geschickte, stromlinienförmige »Jagdmaschinen« verwandeln, wenngleich ihnen ein gewisser Übermut auch im Erwachsenenalter erhalten bleibt. Unter Katzen, die zusammen mit Mitgliedern ihrer eigenen Familie aufwachsen, speziell mit einem Geschwisterchen oder der Mutter, bleibt ein ausgeprägter Spieltrieb untereinander erhalten, der ihr ganzes Leben lang immer wieder hervorbricht, während Einzelkatzen diese Verspieltheit in der Regel ihrem Menschen gegenüber an den Tag legen. So oder so gibt es jedoch einen Punkt, an dem die Kindheit unwiderruflich vorbei ist. Die Verspieltheit tritt seltener zutage, und die Katzen sind nicht mehr ganz so leicht zum Spielen zu motivieren. Wenn die Ausgelassenheit des Kindesalters langsam verblasst, entwickeln heranwachsende Katzen scheinbar andere Eigenarten, um sich bemerkbar zu machen.

So werden wir drei in unserem Haushalt lebenden Menschen regelmäßig sehr früh morgens von Titus geweckt, die eine ganz besonders unangenehme Art entwickelt hat, uns in Sekundenschnelle aus dem Tiefschlaf zu reißen und in einen Zustand sofortiger Wachheit zu versetzen. Für gewöhnlich wählt sie morgens jeweils nur eine Person aus, der sie ihre Sonderbehandlung angedeihen lässt, aber an schlechten Tagen kommen wir alle nacheinander in den »Genuss«. Das Ritual ist Folgendes: Gegen fünf Uhr früh (unser Wecker ist auf fünf

Uhr dreißig gestellt, und um diese Zeit ist eine zusätzliche halbe Stunde Schlaf ein kostbares Gut), springt sie schwungvoll auf das Bett des von ihr auserwählten Opfers und marschiert über dieses hinweg bis zum Kopfende. Hier bezieht sie Position hinter dem Kissen, bis sie die für ihren ganz besonderen Gruß ideale Stellung eingenommen hat. Ebenso geschickt wie vorsichtig streckt sie nun die linke Vorderpfote aus (es ist immer die linke, auch wenn sie nicht in allem »Linkshänder« ist) und berührt ihren Menschen an der Oberlippe. So weit klingt das ja noch ganz niedlich, zumal die Berührung ausgesprochen sanft ist. Wenn man jedoch nicht gleich reagiert, fährt sie die Krallen aus und kratzt ihr Opfer mit der mittleren und längsten Kralle an der Oberlippe. An diesem Punkt des Rituals spürt man nur ein ganz leichtes Prickeln, ist man aber so dumm, einfach weiterschlafen zu wollen, erfolgt ein kräftiger, schmerzhafter Pfotenschlag, bei dem hin und wieder sogar Blut fließt. Das Gefühl einer Kralle, die sich in die Haut bohrt, ist auch für den hartnäckigsten Tiefschläfer nicht mehr zu ignorieren.

»Nicht ... Titus. Hör auf! Hör auf damit! Lass das! Das tut weh.«

»Miau. Miau. Miau. Miau.«

Bin ich das Opfer, streichle ich sie kurz, um sie abzulenken, drehe mich dann auf die Seite und ziehe mir die Bettdecke über den Kopf. Langsam nicke ich wieder ein. Sie geduldet sich etwa fünf Minuten, aber wenn ich mich in falscher Sicherheit wiege, gerade wieder einschlafen will und mein Plumeau ein klein wenig lüpfe, um frische Luft hereinzulassen, schiebt sich die Pfote sofort durch die Öffnung und schlägt wieder zu. Kratz. Kratz. Kratz.

»Titus ... Ich meine es ernst. Verdammt noch mal. Hör auf ... Bittteeeeee. Du kannst keinen Hunger haben, unten steht was.« Michael stöhnt, genervt von dem Katzen-Mensch-

Intermezzo, und mir wird klar, dass an Schlafen nicht mehr zu denken ist, zumal der blöde Wecker sowieso gleich klingelt. Der einzige Unterschied ist nur, dass Katzen keine »Schlummer-Taste« haben! John, Michael und ich haben sie zwar alle schon verflucht, geben aber auch zu, dass wir ihr bizarres Weckritual auch irgendwie süß finden, so nervig es auch sein mag, solange man ihm ausgesetzt ist.

Fannie ist weniger aufdringlich. Sie liebt ihre Menschen insgesamt etwas distanzierter. Sie kann ihren Menschen stundenlang aus der Ferne anstarren, manchmal sogar, während dieser schläft. Sie selbst schläft auf dem höchsten Bücherregal in unserem Schlafzimmer und muss, um dorthin zu gelangen, an Kleidern hinaufklettern, die an einem Haken an der Tür hängen. Von dort gelangt sie auf die obere Türkante, von wo aus sie dann schließlich und endlich auf das Regal springt. Manchmal schläft sie auf dem Rücken, alle viere von sich gestreckt, manchmal zusammengerollt mit einer Pfote über der Nase, meistens aber in Seitenlage. Auch mit ihr kommt es nachts zu Körperkontakt, allerdings nicht jede Nacht, und ich vermag auch nicht zu sagen, was genau diese Anwandlung auslöst. Sie schleicht dann über die Kissen, und gleich darauf spüre ich, wie sie mir zärtlich die Haare leckt. Manchmal leckt sie mir auch noch vorsichtig über die Augenlider, was aufgrund der rauen Beschaffenheit der winzigen Zunge unerträglich kitzelt. Dies geschieht ausschließlich dann, wenn die Nachttischlampe brennt; sobald das Licht ausgeschaltet wird, springt sie vom Bett. Offenbar ist das ihre Art von Zärtlichkeit, oder aber sie versteht es als Putzeinheit (unsere beiden Katzenmädchen putzen sich nur dann gegenseitig, wenn die andere auch wach ist). Hin und wieder wird Michael diese Sonderbehandlung ebenfalls zuteil, jedoch nur, solange er wach ist, und er schläft für gewöhnlich vor mir ein. Ihre Mutter hat das auch manchmal gemacht, aber Fannie war damals noch viel zu klein, um sich dieses Verhalten abgeguckt haben zu können. Seltsam, der Gedanke, dass eine solche Eigenart erblich sein soll!

Es ist wirklich verblüffend, dass zwei heranwachsende Katzen ein Haus so vollständig mit ihrer Präsenz und Persönlichkeit beherrschen können. Wenn wir morgens zum Frühstück nach unten gehen, werden wir so lautstark und nachhaltig empfangen, als wären wir ewig getrennt gewesen, obwohl wir alle im selben Zimmer geschlafen haben – vielleicht nicht die ganze Nacht, aber doch fast. Die Katzen kommen und gehen, wie es ihnen gefällt, und wir lassen auch nachts unsere Schlafzimmertür offen, damit sie sich frei bewegen können. John seinerseits zieht es in der Regel vor, seine Tür zu schließen, sodass sie meist nicht zu ihm gelangen können. Kurz bevor wir das Haus verlassen, um zur Arbeit zu fahren, drückt die Körpersprache unserer zwei Mädchen unübersehbar Trauer aus, kennen sie doch die Vorzeichen unseres bevorstehenden Aufbruchs. Sie ziehen beide eine Schnute und starren, ohne mit der Wimper zu zucken, anhaltend vor sich hin. Meistens legen sie sich mit dem Rücken zur Tür auf unser Bett und würdigen uns keines Blickes, wenn wir uns von ihnen verabschieden. Vor allem Titus versteht es großartig zu schmollen; ich würde sogar so weit gehen zu behaupten, dass sie das Schmollen zur Kunstform erhoben hat.

Bei unserer Heimkehr bin ich dann immer wieder überrascht von der Wiedersehensfreude, die sie an den Tag legen, da unsere beiden verstorbenen Katzen unsere Rückkehr seinerzeit nur mit einem müde zuckenden Augenlid quittiert haben. Fannie kommt immer als Erste die Treppe heruntergeschossen, sobald sie den Schlüssel im Schloss hört, und wenn die Tür dann aufgeht, sitzt sie bereits auf einer der Boxen der Stereoanlage hinter der Tür – der höchste Punkt, von dem aus sie uns begrüßen kann – und gibt eine ganze Folge kurzer, abgehackter Miau-Laute von sich, die ausschließlich der Kommunikation mit uns Menschen vorbehalten sind. Diese Begrüßung wiederholt sie je nach Laune mit unterschiedlicher Intensität bei jedem von uns, und sie lässt sich bei dieser Gelegenheit auch von allen streicheln.

Titus ihrerseits schlendert betont langsam herbei, für gewöhnlich eine halbe Minute nach ihrer kleineren und agileren Schwester, und mir und Michael gegenüber beschränkt sich die Begrüßung darauf, sich zu zeigen. Wenn einer von uns sich herabbeugt, um sie zu streicheln, geht sie weg, fort von der dargebotenen Hand. Bei Johns Heimkehr hingegen miaut sie mehrmals hintereinander, und zwar mit ansteigender Lautstärke, so lange, bis er ihr seine Aufmerksamkeit schenkt. Sie hängt am meisten an John und benutzt ihm gegenüber ganz spezielle Laute.

Unsere Heimkehr ist auch die Zeit, zu der sie am ehesten zum Spielen mit uns Menschen aufgelegt sind. Papierkugeln und Schnüre, mit denen sie in den ersten Lebensmonaten leidenschaftlich gern gespielt haben, sind allerdings inzwischen out. Heute ziehen sie einen aktiveren Austausch vor, und gegenwärtig jagen sie am liebsten kleinen, leichten, durchlöcherten Plastikbällen mit einem Glöckchen darin hinterher, obgleich Michael als langjähriger ernsthafter Fußballfan missbilligt, dass sie immer wieder »schummeln«, indem sie die Bälle mit den Krallen greifen und über recht weite Entfernungen hinweg tragen. Ich für meinen Teil lege Rugby-Regeln zugrunde und sehe das Ganze großzügiger. Sie spielen jede Partie Pfoten-Ball nach ganz bestimmten Regeln, wobei eine Katze der anderen für einen bestimmten Zeitraum die Kugel ganz allein überlässt, bis es ihr selbst gestattet ist, sich zu beteiligen.

Mich versetzt das jedes Mal wieder in Erstaunen. Kein Hund, jedenfalls keiner, der nicht entsprechend abgerichtet wäre, würde im Spiel einem anderen gegenüber eine solche Selbstdisziplin an den Tag legen. Titus und Fannie verlangen oft danach, dass wir Gegenstände für sie werfen, und bringen diese manchmal zurück, wenngleich sie meistens vom Menschen erwarten, dass der sie holt, und da man ein gut dressierter Mensch ist, tut man das schließlich auch. Meine Freundin Sue besitzt eine Devon Rex namens Max, die regelrecht apportiert, aber Devon Rex sind nun einmal ganz besondere Katzen und in ihrer ganzen Art Hunden ähnlicher. Sie bleiben ein Leben lang richtige Kindsköpfe.

Obgleich Titus und Fannie beide viel von ihrem kindlichen Spiel abgelegt haben, vertreiben sie sich nach wie vor gern die Zeit damit, sich gegenseitig zu belauern und anzugreifen. Es ist, als müssten sie immer noch die jeweils individuelle Schmerztoleranz des anderen testen, um herauszufinden, wo die Grenze zwischen Spiel und Ernst gezogen werden sollte. Ein weiteres Lieblingsspiel, das wohl bei allen reinen Hauskatzen hoch im Kurs steht, ist Fangen. Sie jagen sich abwechselnd die Treppe hinauf, unter den Betten her, wieder nach unten, mehrere Runden durch Wohnzimmer, Esszimmer und Küche und poltern dann zurück ins Obergeschoss. Die Regeln dieses Spiels sind schwer zu definieren, aber fest steht, dass sie immer wieder die Rollen wechseln und mal Jäger sind, mal Gejagter. Bei diesem Spiel geht es furchtbar laut zu, und es ist erstaunlich, wie polternd diese Samtpfoten sich bewegen können.

Fannie hat kürzlich angefangen, die Vorhänge hinaufzuklettern, etwas, wozu die pummelige Titus nicht in der Lage ist. Fannie hingegen ist nicht nur deutlich behänder als ihre Schwester, sondern wollte schon immer hoch hinaus. Ihre Mutter liebte ebenfalls Höhen und ist stets den Dachfirst entlangbalanciert, über die Rosenpergola spaziert und wollte auch sonst bei jeder Gelegenheit möglichst hoch hinaus. Fannie hat die gleiche Schildpatt-Farbe wie ihre Mutter und ein ganz ähnliches Temperament, wenngleich sie einen Tick nervöser und ängstlicher ist, als es ihre Mutter war. Fannies Ängstlichkeit ist merkwürdig, da unsere zwei Mädchen bislang ein absolut behütetes Leben innerhalb des Hauses geführt haben, in dem sie auch geboren wurden. Abgesehen vom Verlust ihrer Mutter, als sie beide knapp acht Wochen alt waren, ist ihnen nie etwas Schlimmes widerfahren.

Titus ihrerseits schmeichelt sich bei jedem Besucher ein, indem sie zuerst den Kopf an ihm reibt, um dem Betreffenden gleich darauf, mit oder ohne Aufforderung, auf den Schoß oder auf die Schulter zu klettern, wo sie sich ebenso leise wie unwiderstehlich schnurrend niederlässt. Außerdem dreht sie sich vor jedem auf den Rücken, um sich den flauschigen weißen Bauch kraulen zu lassen, und wenngleich Fannie dies auch hin und wieder tut, ist sie doch um Vieles zurückhaltender als ihre Schwester. Titus zieht Männer vor, und in ihrem Fall trifft das Klischee zu: Je weniger jemand Katzen leiden mag, desto aufdringlicher zeigt sie sich. Ganz besonders liebt sie dunkle Hosen und marineblaue oder schwarze Anzüge, und wenngleich man sie als gewöhnliche Hauskatze einstufen kann, hat sie ein verhältnismäßig langes Kurzhaar im selben hellen rötlichen Gelbton wie ihr Vater, das hartnäckig an den Kleidern jener haftet, mit denen sie schäkert.

Es war ein schwüler Sommer mit nur wenigen wirklichen Sonnentagen, dabei sehr warm und trocken, und ich empfinde es als zunehmend lästig und unangenehm, bei geschlossener Tür am Herd zu stehen. Zwar kann ich alle Fenster im Haus öffnen, nachdem wir sie mit zweckentfremdeten Rankhilfen aus dem Gartencenter gesichert haben, sodass wir und die Katzen frische Luft atmen können, ohne zu riskieren, wieder ein geliebtes Tier durch die gefährliche angrenzende Landstraße zu verlieren, aber das Problem mit der Tür habe ich noch nicht lösen können.

Wir besitzen etwa eintausenddreihundert Quadratmeter Garten hinter dem Haus, doch wie sehr ich mir auch den Kopf zerbrochen habe, mir ist keine brauchbare Lösung eingefallen, das Grundstück ausbruchsicher zu machen. Katzen sind erstaunlich findig, wenn es darum geht auszubüxen, und das müssen sie auch sein, weil sie bei extremem Jagdtrieb auch extrem verwundbar sind und ihr Einfallsreichtum ihnen oft genug das Leben rettet. Im Internet bin ich auf ein wirklich cleveres Zaunsystem gestoßen; leider stellte sich aber heraus, dass es sich um eine amerikanische Seite handelt und die Firma nicht nach Europa liefert. Andererseits wäre ich vermutlich auch gar nicht in der Lage gewesen, die horrenden Frachtkosten zu tragen.

Als Katzenliebhaberin, Autorin und Freundin Karin, eine der wenigen Frauen, auf die Titus regelrecht fliegt, von meinen Bestrebungen erfährt, alles zu tun, um die Katzen glücklich zu machen, erzählt sie mir von einem Haus irgendwo in San Diego, dessen Eigentümer fast in jedem Zimmer knapp unter den Decken kleine Katzen-Schlupflöcher durchgebrochen haben, sodass ihre Katzen über Rutschen, Rampen und an den Wänden angebrachte Stützen vom Erd- bis zum Dachgeschoss durch das Haus spazieren können. Auf diese Art und Weise sind sie niemals in einem Raum eingesperrt und brauchen nicht einmal den Boden zu berühren, um durch das gesamte Haus zu wandern. Abschließend fügt sie trocken hinzu: »Das Ganze könnte den Verkauf eures Hauses allerdings im Falle eines Falles ein klein wenig erschweren.« Mir wird bewusst, dass ich erst ganz am Anfang stehe und möglicherweise noch einen sehr weiten Weg vor mir habe.

In meinem Frust habe ich jedes Gartencenter und jeden Baumarkt der Umgebung abgegrast und schließlich mithilfe von einen Meter achtzig hohen Palisaden-Gitterelementen ein schmales Gartenstück, das auf einer Seite von der Hauswand des Nachbarn begrenzt wird, in eine Art Auslauf von der Größe eines geräumigen Zimmers verwandelt, mit einem schmalen Tor zum eigentlichen Garten. Wir haben unseren hölzernen Gartentisch und die Stühle dort aufgestellt, dazu eine gefliese marokkanische Ablage und einen Katzenkratzbaum mit Liegeplattform. Zusätzlich habe ich das Ganze mit Fuchsien-Ampeln, Kästen mit lila Geranien sowie einer Bougainvillea im Pflanzkübel geschmückt, die uns an Frankreich erinnern soll. Endlich können wir die Hintertür offen lassen und draußen essen, und auch die Katzen können rein- und rausgehen, wie es ihnen passt.

Als der Augenblick gekommen ist, die Katzen das erste Mal hinauszulassen, bin ich furchtbar gespannt. Zögernd und sichtlich nervös überqueren sie die Türschwelle. Als sie etwa die Mitte der Rasenfläche erreicht haben, wirken sie schon mutiger. Ihre kleinen Nasen zucken unermüdlich, als ihnen eine Fülle neuer Gerüche entgegenschlägt, und ihre Ohren drehen sich im Takt der zahlreichen unbekannten Geräusche. Sie gewinnen rasch an Selbstvertrauen. Nur Minuten später sind beide auf die Katzenplattform gesprungen und von dort auf den kleinen marokkanischen Tisch, um durch das Gitter des Palisadenzauns Vögel, Bienen und Schmetterlinge zu beobachten. Hin und wieder verirren diese sich in unseren kleinen Innenhof, zur grenzenlosen Begeisterung der Katzen, wenngleich die Vögel sehr rasch begriffen haben, dass es für sie besser ist, sich fernzuhalten.

In den nächsten Wochen ist es eine Freude zu beobachten, wie sehr die beiden Katzen die Sonne genießen, so diese denn mal scheint, und sich mit leicht zuckender Schwanzspitze entspannt auf dem Tisch fläzen. Zu beobachten, und ich meine, aufmerksam zu beobachten, wie Katzen sich die Sonne auf den Pelz scheinen lassen, ist eine Offenbarung und eine Lektion in der wahren Kunst genussvoller Entspannung. Ich weiß allerdings, dass Katzen sich leicht die Ohren verbrennen, sodass ich anfangs noch besorgt bin, aber solange die Küchentür offen steht, kommen sie aus eigenem Antrieb ins Haus, wenn ihnen draußen zu warm wird. Ich meinerseits betrachte es als wahre Erlösung, endlich die Küchentür wieder öffnen zu können, um Gerüche und Hitze entweichen zu lassen.

KAPITEL 3

In den vielen trockenen Tagen dieses langen Sommers verbringen die Katzen viel Zeit draußen in ihrem eigenen kleinen Garten. Anfangs unternehmen sie noch einige vergebliche Versuche auszubüxen, indem sie die Palisaden hinaufklettern und anschließend kopfüber am nach innen gespannten Maschendrahtzaun hängen, aber am Neigungswinkel des Überhangs scheinen sie glücklicherweise letztlich zu scheitern, sodass sie sich jedes Mal wieder unverrichteter Dinge fallen lassen. Inzwischen, nach mehreren Wochen, haben sie ihre Ausbruchsversuche aufgegeben, und wir sind uns ziemlich sicher, dass der Auslauf ausbruchsicher ist. Leider kommen regelmäßig Frösche herein. Da es im Garten einen Wassertank und mehrere Gießkannen gibt und die Geranienkästen und üppigen Fuchsien-Ampeln regelmäßig gegossen werden, zwängen die Frösche sich auf der Nahrungssuche immer wieder unter oder zwischen den Palisaden durch.

Inzwischen hat es schon zwei Monate nicht mehr geregnet, obwohl es oft bewölkt und schwül war, und so übernehmen Michael und ich abwechselnd das Bewässern des Gartens, wenn wir abends von der Arbeit kommen. Das Wässern scheint so eine Art Signal zum »Essenfassen« für die Frösche geworden zu sein. Sie hüpfen dann gleich herbei, um sich an Schnecken gütlich zu tun, die aus vertrockneten Bodenfurchen an die feuchte Oberfläche kriechen. Schon bald stellt sich heraus, dass unsere beiden Mädchen so wie alle Katzen leidenschaftliche Jäger sind, und ohne jede Übung – einmal abgesehen von einer kurzen Begegnung mit einer halb toten winzigen Maus (zu mehr praktischer Anleitung ist ihre Mutter Otto vor ihrem plötzlichen Tod nicht mehr gekommen) – schleppen sie immer wieder Frösche in die Küche.

Michael und ich müssen regelmäßig schreiende Frösche aus irgendwelchen Ecken des Hauses retten. (Mich macht es immer wieder nervös, wenn ein Frosch »schreit«, wenn er von einem Raubtier wie einer Katze gepackt wird. Sie reißen dabei das Maul weit auf und geben richtig menschliche Laute von sich. Ich für meinen Teil hatte so etwas bis dato noch nie gehört, obwohl ich in meiner Kindheit zahlreiche Kaulquappen großgezogen habe.) Eines Morgens entdecke ich zu meiner Bestürzung einen steifen, kalten, leicht blutigen Frosch mit dem weißlichen Bauch nach oben in einem der Katzenklos. In der Annahme, er sei tot, bringe ich ihn hinaus in den Garten, entferne sorgfältig die weißen Körnchen, die an dem leblosen Körper haften, und lege ihn unter eine Pflanze mitten in einem Blumenbeet in sonniger Lage. Als ich eine halbe Stunde später zurückkomme, um ihn ordentlich zu bestatten, ist er verschwunden. Ist er wiederauferstanden, oder wurde er von einem Vogel gefressen?

Bevor der Sommer vorüber ist, möchten wir unbedingt noch eine längst überfällige Lunchparty für ausgesuchte Freunde und Kollegen veranstalten, und ich habe mir ein Gartenfest unter freiem Himmel vorgestellt, wo genug Platz ist, um zwei Esstische aneinanderzustellen, was in unserem kleinen Cottage doch ziemlich beengt wäre.

Wir einigen uns auf ein Datum, schicken die Einladungen raus und treffen erste Vorbereitungen. Für den großen Tag haben wir einen Samstag in der ersten Augusthälfte ausgewählt. Das Barometer bleibt stabil, das Wetter hält sich, und wir haben seit Tagen kein Wölkchen mehr am Himmel gesehen. Das Essen werde ich in letzter Minute zubereiten, damit alles möglichst frisch auf den Tisch kommt. Eine Köstlichkeit, ein Rezept von Nigella Lawson, deren exakte Vorstellungen davon, wie Essen schmecken sollte, ich wirklich faszinierend finde, lässt sich aber doch schon einen Tag im Voraus zubereiten. Das Ganze nennt sich bescheiden »Erdbeeren in dunklem Sirup«[1] und wird mit Balsamico zubereitet, was für eine wunderschöne intensive granatrote Farbe sorgt. Um es mit Nigellas eigenen Worten zu sagen: »Das Rot der Erdbeeren leuchtet so klar wie ein Bleiglasfenster. Und es schmeckt genauso, wie es aussieht: intensiv und doch leicht.« Das schimmernde Dessert in der großen Plastikschüssel in den Tiefen des Kühlschranks wird für mich langsam mitsamt seinem Inhalt zu so etwas wie einem heiligen Kelch, derweil ich mich abmühe, bei den Vorbereitungen für den großen Tag nicht den Überblick über das Chaos in der Küche zu verlieren.

Der Samstag bricht an, und als ich die Bettdecke zurückschlage und aufstehe, stelle ich erleichtert fest, dass trotz der frühen Stunde bereits die Sonne von einem tiefblauen Himmel herabscheint.

Gemeinsam schleppen Michael und ich das gesamte Mobiliar vom Esszimmer hinaus in den Garten, zur Verblüffung der Katzen, die eine große freie Fläche vorfinden, wo früher ein

---

[1] Aus: Nigella Lawson: How to Eat, Chatto & Windus, 1998.

Wald von hölzernen Stuhl- und Tischbeinen war. Die beiden haben sich die letzten zwei Tage im Wohnzimmer etwas merkwürdig verhalten, angespannt und nervös, als hätte es eine Art Katzenalarm gegeben, und ich habe schon befürchtet, dass wieder irgendwo ein in die Ecke getriebener Frosch festsitzt, aber wir konnten auch nach mehrmaliger gründlicher Suche nichts finden. Als kurz vor Eintreffen der ersten Gäste mein persönlicher Stresspegel merklich ansteigt, ruft Michael nach mir.

»Hast du unter dem Klavier nachgeschaut? Die Katzen scheinen jedenfalls von etwas fasziniert zu sein, das sich dort versteckt.«

Das Klavier gehört zu den wenigen noch vorhandenen Möbeln im Zimmer, und die Katzenmädchen hocken davor und starren mit gespitzten Ohren auf das Möbel, wobei sie vor Anspannung kaum merklich beben, was für eine Konzentration spricht, wie ich sie bei ihnen selten erlebt habe.

»Michael, das ist jetzt nicht der richtige Zeitpunkt! Ich muss mich um das Essen kümmern. Das Klavier muss warten. Egal, was sich dorthin verirrt hat, es wird schon wieder verschwinden, ganz sicher.«

»Wahrscheinlich hast du recht«, entgegnet er phlegmatisch. Ich hetze zurück in die Küche und widme mich wieder dem Essen. Ich glaube, ihn aus der Ferne sagen zu hören: »Komm schon, Titus, und du auch, Fannie. Das ist eure Chance. Ihr könnt doch sicher mehr als nur dasitzen und hinstarren.« Vielleicht habe ich mir das aber auch nur eingebildet.

Es klingelt an der Tür, und die ersten Gäste treffen ein. Wir führen sie durch das leere Esszimmer in den Garten, und schon bald ist dieser erfüllt von fröhlichem Korkenknallen und angeregtem Stimmengewirr. Die Party lässt sich gut an.

Die ersten beiden Gänge wurden serviert und anstandslos gegessen, und ich fange an, mich zu entspannen, auch wenn mir jedes Mal, wenn ich ins Haus gehe, auffällt, dass die beiden Katzen weiter dasitzen und das Klavier anstarren. Ich sorge mich ein wenig, dass einer unserer Gäste, den schon die Katzen nervös machen, möglicherweise noch panischer auf »Wildtiere« oder, genauer, Schädlinge reagieren könnte, was auch immer sich unter dem Klavier verbergen mag. Die Katzen sind jedenfalls alles andere als subtil. Sie könnten nicht auffälliger auf die Anwesenheit eines lebendigen Tieres unter dem Klavier hinweisen, wenn sie ein Schild mit der Aufschrift *Drachenalarm* herumtragen würden.

Dann schlägt die Stunde des rubinroten Desserts, und Michael, der mir weiteres Gerenne abnehmen möchte, hat sich erboten, den Nachtisch zu holen. Ich lehne mich zurück und genieße die ebenso entspannenden wie anregenden Unterhaltungen am Tisch, als ich aus dem Augenwinkel sehe, dass er die Erdbeeren in der verkratzten Plastikschüssel herausbringt anstatt in der eleganten Kristallschale mit Fuß, die ich extra bereitgestellt habe, damit die Kreation auch in ihrer ganzen Pracht und Farbenfülle zur Geltung kommt. Natürlich ist es meine Schuld, da ich ihn nicht darauf hingewiesen habe, dass das Dessert vor dem Auftragen umgefüllt werden soll. Woher sollte er das wissen? Trotzdem stoße ich bei dem Anblick einen spitzen Schrei aus.

»Nein, nein, nein. O Michael! Wie kannst du nur?«

Ich hetze in die Küche und kehre mit der Schale zurück, die ich für den Nachtisch vorgesehen habe. Nun versuchen Michael und ich mit unziemlicher Hast, die Erdbeeren in ihrem köstlichen Sirup in die Kristallschale auf dem dünnen Glasstiel umzufüllen, als könnten wir hiermit wie durch Zauberei bei unseren Gästen die Erinnerung an den Anblick der alten Plastikschüssel auslöschen. Dann sehen wir beide entsetzt, wie das Gefäß sich ebenso langsam wie unaufhaltsam zur Seite neigt und der Inhalt sich in einer riesigen tiefroten

Pfütze über die weiße Spitzentischdecke auf der langen Banketttafel ergießt. Ohne nachzudenken, befördere ich die Masse – immerhin handelt es sich dabei in der Menüfolge um meinen ganzen Stolz – zurück in die Kristallschale und fange an, das Dessert meinen ein wenig verdutzten Gästen zu servieren, als wäre nichts gewesen. Ich bin ebenso überrascht wie peinlich berührt, als sie sich so großmütig zeigen, meinen Mut mit einem Applaus zu belohnen.

Verlegen ob dieses unerwarteten Beifalls ziehe ich mich in die Küche zurück, um mich davon zu überzeugen, dass der Käse auch Zimmertemperatur hat, und die Kaffeemaschine anzuwerfen. Als ich das Esszimmer betrete, bietet sich mir ein denkwürdiger Anblick. Die beiden Katzen kauern im rechten Winkel zueinander und starren wie gebannt auf eine kleine braune Maus, die vor ihnen Männchen macht und ihren Blick erwidert. Alle drei sind wie erstarrt. Während ich sie noch beobachte, spüre ich plötzlich eine Hand auf meinem Arm und höre, wie eine tiefe, sanfte Stimme mit amerikanischem Akzent mir ins Ohr flüstert:

»Marilyn, ich glaube, unser kleiner Freund kann etwas Hilfe gebrauchen, meinst du nicht auch?« Hierauf geht Bob in die Knie und streckt die Hand nach der Maus aus. Angesichts dieser neuen Bedrohung erwacht der kleine Nager aus seiner Starre und rettet sich unter eine Walisische Kommode, neben dem Klavier das einzige noch verbliebene Möbelstück im Raum.

»Keine Angst, die Katzen werden sie von dort vertreiben«, raunt Bob mir zu.

»Ich weiß, doch dann bringen sie sie um.«

»Stimmt. Aber wir machen ihnen einen Strich durch die Rechnung. Wir schnappen uns die Maus, sobald sie sie erwischt, aber noch bevor sie sie abgemurkst haben, versprochen.« Und dann gelingt es diesem hochgewachsenen sanften Mann wie durch ein Wunder, die Maus tatsächlich einzufangen.

»Wäre es nicht lustig, wenn wir sie rausbringen und auf den Tisch setzen? Nur um zu sehen, was sie alle für Gesichter machen?«, fragt er augenzwinkernd.

»Nein, Bob, bitte nicht. Die Kleine ist jetzt schon halb tot vor Angst. Das würde ihr den Rest geben.«

»Wahrscheinlich hast du recht«, entgegnet er lachend und erklärt sich mit einem philosophischen Schulterzucken bereit, die Maus auf der gegenüberliegenden Straßenseite in einem Gebüsch unten am Kanal auszusetzen.

Tatsächlich entspringen meine Vorbehalte weniger meiner Sorge um das Wohl der Maus als vielmehr der Befürchtung, dass nach der Panne mit dem Dessert, von der immer noch der

klebrige Fleck auf dem einstmals weißen Tischtuch zeugt, ein zweiter Schock die Partylaune nachhaltig verderben könnte. Kurz darauf höre ich jedoch das sonore, warme Lachen von Bobbis Freundin Patti und Klaus' dröhnende Stimme:

»Eine *was*? Und was sagst du, wo sie sich versteckt hatte?« Ich schätze also, die Wahrheit ist raus, aber wenigstens mussten sie ihren Tisch nicht mit »Bobs Maus«, wie ich sie von jetzt an nennen werde, teilen.

Ich schaue mir derweil unsere beiden Mädchen genauer an. Für mich war das ihre erste richtige Jagd, da ich aus einem mir selbst unerklärlichen Grund Frösche nicht dazuzähle: Für mich sind Frösche, was Katzen anbelangt, nun einmal nur Ersatz-Beute. Unsere zwei Stubentiger schauen aus wie richtige Katzen, und ihre Miene ist wie so oft unergründlich. Ich vermag nicht zu sagen, ob sie enttäuscht sind, ihre Beute nicht erlegt zu haben, oder ob das eigentliche Vergnügen für sie im Jagen an sich besteht.

Zweibeinige Jäger sehen diesen Punkt ja ebenfalls durchaus zwiespältig.

KAPITEL 4

Herbst

Schließlich ist der lange, trockene Sommer endgültig vorbei und geht in einen recht stürmischen Herbst über. Anfangs begrüßen wir den überfälligen Regen noch voller Euphorie, diese weicht jedoch bald Ernüchterung, als die Unwetter gar kein Ende mehr nehmen. An einem windigen Freitagabend Mitte des Herbstes haben wir wie so oft die Hintertür offen stehen, den Katzen zuliebe, die sich, wenn es nicht gerade schüttet, auch bei Regen am liebsten draußen in ihrem kleinen Garten aufhalten. Dieser spezielle Abend ist jedoch der Auftakt einer zerstörerischen Folge heftiger Stürme mit sintflutartigen Regenfällen, die das ganze Land für Wochen in Atem halten werden. Wie wir im Nachhinein erfahren werden, verwüstet der Orkan in dieser Nacht überall in England ganze Landstriche. Michael, der unten im Erdgeschoss sitzt und die ganze Wucht des Windes zu spüren bekommt, hat bald die Nase gestrichen voll, steht auf und schlägt die Tür zu.

Oben in unserem Schlafzimmer sitze ich derweil, völlig unberührt von den entfesselten Elementen und herabströmenden Wassermassen, an meinem Schreibtisch und arbeite munter vor mich hin. Irgendwann registriere ich, dass Fannie wie ein aufgezogenes Spielzeug nervös immer wieder vom Schlafzimmer über den Flur durch das Treppenhaus und wieder zurück patrouilliert. Ihr eigentümliches klagendes Miauen ist mir schon wiederholt aufgefallen, und das Rufen wird nun deutlich eindringlicher. Höchste Zeit nachzusehen, was da los ist, sage ich mir schließlich widerwillig und steige, steif vom langen Sitzen, die steile Treppe hinunter ins Esszimmer. Michael hat es sich in dem inzwischen verschlossenen und beheizten Cottage nebenan im Wohnzimmer vor einem lodernden Feuer im Kamin gemütlich gemacht und ist tief und fest eingeschlafen. Fannie starrt unverwandt auf die Hintertür und miaut mit neuer Inbrunst. Ihre Botschaft ist unmissverständlich. Ich öffne, und prompt schießt eine pitschnasse, laut protestierende, gelblich rote Fellkugel an mir vorbei durch die Küche nach oben in die Geborgenheit und Wärme unseres Schlafzimmers. Ich haste hinterher. Titus ist völlig durchnässt und putzt sich, als hinge ihr Leben davon ab. Ich beobachte gerührt, wie Fannie sich ihrer Schwester auf leisen Pfoten nähert, um ihr zu helfen, aber Titus ist immer noch derart mit sich selbst beschäftigt, dass sie für schwesterlichen Trost nicht empfänglich ist. Ich schimpfe mit Michael, weil er sich vor dem Schließen der Tür nicht vergewissert hat, dass beide Katzen im Haus sind, und er steht mit der ihm eigenen geistigen Größe sofort zu seinem Versäumnis. Damit wäre die Sache erledigt, wäre da nicht die Entdeckung am nächsten Tag.

Es ist Samstag, und Michael steht früh auf, während ich noch liegen bleibe, mit der »Das-habe-ich-mir-verdient«-Einstellung eines Vollzeit-Beschäftigten, der an fünf Tagen in der Woche früh rausmuss. Im Halbschlaf, eingelullt von meinem kuscheligen weichen, warmen Bett, werde ich unsanft von Michaels dringlichem Ruf aus meinem genussvollen Dösen aufgeschreckt.

»Mo, komm bitte mal her und pack mit an.« Ich werfe verschlafen einen Blick aus dem Fenster und sehe als Erstes einen vom Regen rein gewaschenen Himmel und eine blasse Sonne, die hier und da durch die Wolkendecke schimmert. Erst dann schaue ich hinab in den Garten und bin entsetzt, als ich die volle Bedeutung dessen erfasse, was ich dort sehe. Unten hockt eine sehr große, struppige, vorwiegend weiße langhaarige Katze mit braunen und weißen Flecken. Das

Tier ist nass bis auf die Haut und offensichtlich in Panik. Vor meinen Augen springt er – allein die Größe lässt auf einen Kater schließen – am Zaun hinauf, klammert sich verzweifelt fest und kraxelt an den Streben hoch, um dann jedoch an dem überhängenden Gitter oben zu scheitern. Als er sich nicht länger halten kann, fällt er sichtlich erschöpft und frustriert wieder herunter in den Auslauf. Die Verzweiflung, mit der er zu entkommen versucht, sowie seine Erschöpfung deuten darauf hin, dass er vermutlich schon seit Stunden vergeblich versucht, seinem Gefängnis zu entkommen.

Die Szene wirkt umso chaotischer, als wir am Vorabend einen vollen schwarzen Müllbeutel hinausgestellt haben und unser Gast sich, vermutlich getrieben von Frustration und Hunger, über den Inhalt hergemacht und diesen überall verstreut hat, darunter Gemüseabfälle, Hühnchenknochen und andere Essensreste, sodass es im Katzenauslauf aussieht wie in einem besonders ungepflegten Schweinestall. Michael hat inzwischen das Tor geöffnet, da er jedoch daneben stehen bleibt und von dort versucht, die fremde Katze hinauszulocken, traut sich das panische Tier nicht an ihm vorbei und bleibt abwartend ob der widersprüchlichen Signale im vergitterten Auslauf hocken. In seiner Not gibt der Kater plötzlich drohende, gutturale Knurrlaute von sich, die sogar Laien unschwer als in höchstem Maße aggressiv einstufen dürften. Ich renne nach unten, wobei ich mir im Laufen ein paar Kleider überwerfe. Unsere beiden Mädchen hocken hochgradig nervös in der offenen Küchentür und lauschen angespannt – zumindest dann, wenn sie nicht gerade selbst lautstark zu dem Tumult beitragen – dem Knurren aus ihrem Garten. Dann wird es plötzlich ganz still. Michael ist zwischenzeitlich in den Auslauf zurückgekommen und hat den Eindringling durch das Tor in die Freiheit gescheucht. Der Kater hat das Weite gesucht, als wäre der Leibhaftige hinter ihm her.

»O Michael, was hast du da nur angerichtet?«, schnauze ich ihn ungerechterweise an.

»Was soll das denn heißen?«

»Der Kater war offensichtlich die ganze Nacht hier im Auslauf. Was mag passiert sein, während Titus mit ihm zusammen ausgesperrt war?«

»Quatsch. Er war gestern Abend noch nicht da. Er ist erst heute Morgen über den Zaun geklettert, vermutlich angelockt von dem Müllbeutel.«

Ich würde ihm zu gern glauben. Die Alternative wäre grauenhaft. Grauenhaft für diesen großen, wilden, verängstigten Kater, der nämlich dann, pudelnass und schutzlos den Elementen ausgeliefert, eine ganze Nacht als Gefangener in meiner Katzenoase verbracht hätte. Noch schrecklicher aber für die kleine Titus, die noch nie einem aggressiven fremden Kater begegnet ist und die gegebenenfalls für Stunden mit ihm zusammen auf engstem Raum eingesperrt war, ohne sich in die Sicherheit und Geborgenheit ihres Zuhauses flüchten zu können. Ich fühle mich zunehmend unwohl, als mir dämmert, dass der fremde Kater sich möglicherweise mit ihr gepaart haben könnte.

»Das sagst du nur, um mich zu beruhigen.«

»Nein. Ich bin ganz sicher, dass er erst heute Morgen über den Zaun gestiegen ist, Liebes. Ehrlich.«

Als ich ihn anschaue, sehe ich jedoch die Zweifel auf seinem Gesicht und schlucke. Aber was auch immer passiert ist, es lässt sich nicht mehr ungeschehen machen. Und so stürmt der Oktober seinem Ende entgegen.

Durchlebe ich wieder die Ängste und Nöte der Jugend? Den Albtraum, im Kalender nachzurechnen und die Tage zu zählen sowie in diesem Fall Titus mit Argusaugen zu beobachten? Manchmal betaste ich sogar ihren flauschigen Bauch und frage sie ernsthaft, wie sie sich fühlt. Sie schaut mich wie immer mit diesem ihr eigenen leicht hochnäsigen Schlafzimmerblick an, und ich bin hinterher nicht schlauer als vorher. Wie so oft heißt es auch diesmal: abwarten und Tee trinken. Dann ist es so weit. Heute ist der dreiundzwanzigste Dezember, das heißt, dreiundsechzig Tage sind seit jener denkwürdigen Episode vergangen. Dreiundsechzig Tage, das entspricht der Trächtigkeitsdauer einer Katze. Und Titus ist nicht dicker oder dünner als im Oktober, wir können also aufatmen. Ich bin trotzdem sicher, dass der alte Kater die ganze Nacht dort eingesperrt war, und ich werde nie wissen, was sich in diesen Stunden zwischen den beiden zugetragen hat. Haben sie oder haben sie nicht? Vermutlich kann man davon ausgehen, dass nicht.

Die ganze Episode hat uns unser altes Vorhaben ins Gedächtnis gerufen – oder zumindest mir! Ich möchte bald einen passenden Kater für meine Mädchen finden. Ich habe mit dem Inhaber der Zoohandlung gesprochen, habe sämtliche Aushänge in den umliegenden Geschäften studiert, habe mich mit dem Katzenschutzbund in Verbindung gesetzt, und wenngleich es ausgewachsene, kastrierte Fundtiere gibt, von denen viele von Freunden und Bekannten aufgenommen werden, erweist es sich als äußerst schwierig, um diese Jahreszeit ein männliches Jungtier zu bekommen. Ich wünsche mir so sehr, dass unsere beiden Katzen ein Mal Junge bekommen, und ich gelobe hoch und heilig, sie gleich danach kastrieren zu lassen. Nachdem ich mit dem Tierarzt und mit anderen erfahrenen Katzenhaltern gesprochen habe, denke ich, dass ein ganz junger Kater sich am leichtesten in unseren Haushalt integrieren ließe. Als wir damals ihre Mutter Otto mit Michaels altem verschrobenen Kater Septi bekannt gemacht haben, haben ihr Geschlecht, ihre Jugend sowie ihre natürliche Koketterie ihn im Sturm erobert, und so bin ich überzeugt davon, dass die Anschaffung eines Jungtiers die beste Möglichkeit ist. Ich habe mir in den Kopf gesetzt, meinen beiden Hübschen einen Gefährten der Gattung Russisch Blau zu beschaffen, wunderschöne Langhaarkatzen mit einem angenehm ruhigen Wesen. Noch haben wir keinen Züchter ausgewählt, aber Michael hat strikte Anweisung, mir als Weihnachtsgeschenk einen Kater dieser Rasse zu besorgen, obgleich unwahrscheinlich ist, dass wir vor Januar, Februar einen finden werden.

25. Dezember

Michael überreicht mir einen kleinen Porzellanhund, der ihm im Geschäft als Porzellankatze verkauft wurde und der als Symbol für meinen Russisch-Blau-Kater dienen soll. Um den Hals des Hündchens hat mein lieber Schatz einen großzügigen Scheck befestigt, sodass ich nur noch abwarten muss, bis die Läden bei uns im Dorf nach Weihnachten wieder geöffnet sind, um mir sofort die neuesten Ausgaben einiger Katzenzeitschriften zu besorgen und die Anzeigen zu studieren.

Neujahr

Ich verbringe Stunden über Stunden damit, Katzenzeitschriften zu durchforsten und verschiedene vielversprechende Anzeigen zu vergleichen. Schließlich setze ich mich furchtbar nervös mit einem Ehepaar in den Midlands in Verbindung, dessen trächtige Russisch-Blau-Katze zu Frühlingsbeginn werfen soll. Ich drücke uns allen derart die Daumen, dass ich kaum noch zu etwas anderem komme. Sie wissen, dass ich unbedingt einen Kater möchte, und sie suchen für den Nachwuchs ein Zuhause, in dem die Kater nicht als Zuchttiere missbraucht werden, da diese oft ein trauriges Dasein in einem geschlossenen Raum fristen, verbunden mit dem Zwang, immer wieder »ihren Mann zu stehen«. Die Züchter sind also froh, dass ihr Kater sich bei uns zusammen mit anderen Katzen im ganzen Haus frei wird bewegen können. Ich verschweige ihnen bewusst, dass ich hoffe, dass der Kater sich mit meinen beiden Mädchen paart, da man dies in meinen Augen nicht als Zuchteinsatz im klassischen Sinne betrachten kann. Wir sind keine Züchter, sondern wünschen uns lediglich Junge von unseren heiß geliebten Stubentigern, deren Nachwuchs hinterher nicht für viel Geld angepriesen werden wird. Ich möchte den kleinen Kater in die überschaubare Katzengruppe von Moon Cottage einführen, wo er den Katzen und uns Menschen gleichermaßen ein innig geliebter Kumpel werden soll.

Der Umstand, dass es eine trächtige Katze gibt, die in Kürze unseren Nachwuchs zur Welt bringen wird – wie ich doch sehr hoffe –, erfüllt mich mit schier unerträglicher Spannung und Vorfreude. Meine Konzentrationsfähigkeit in Bezug auf alle weltlichen Dinge, die in keinem Zusammenhang stehen mit diesem winzigen Wesen, das bald zu uns stoßen wird, tendiert gegen null. Ich durchlebe wahrhaftig die Seelenqualen zukünftiger Adoptiveltern, die in einem Zustand höchster Anspannung der Erfüllung ihres größten Wunsches harren. Nach einer gefühlten Ewigkeit (tatsächlich sind es nur ein paar Wochen) rufen die Besitzer der trächtigen Russisch-Blau-Katze an und teilen mir mit, dass die Kätzchen geboren seien und ein Kater dabei sei.

Ich setze mich sofort ins Auto und fahre los, um den Kleinen in Augenschein zu nehmen und mich selbst der kritischen Begutachtung der Züchter zu stellen. Bei meiner Ankunft finde ich einen entzückenden Wurf der Rasse Russisch Blau vor. Es sind vier Welpen, von denen einer, der besonders wach und agil zu sein scheint, auf mich zurobbt. Ich verliebe mich auf der Stelle rettungslos in das winzige Fellknäuel. Den will ich haben und keinen anderen. Irgendwann während meines Besuches wird mir bewusst, dass ich ebenfalls sehr genau beobachtet worden bin. Ich muss den Test bestanden haben, denn das ausgesprochen liebenswerte Ehepaar spricht Themen an wie Anzahlung, Impfungen und das Abholdatum. Bis dorthin sind es noch viele Wochen!

Ganz erfüllt von meinem (Katzen-)Kinderwunsch, kehre ich heim, wo ich nervös meine beiden Mädchen betrachte und

ebenso lange wie sorgfältig darüber nachgrüble, ob ich möglicherweise im Begriff bin, die ganz besondere Beziehung zwischen ihnen zunichtezumachen. Als Geschwister – ihren Bruder Beetle, der eine Meile entfernt glücklich und zufrieden bei Eve, John und Jenny lebt, haben sie sicher längst vergessen – sind sie einander ganz besonders eng verbunden. Sie sind rundum glücklich und zufrieden in ihrer Zweisamkeit. Es wäre wirklich furchtbar, wenn ich aus reiner Selbstsucht dieses Glück zerstören würde. Nun, das alles wird sich mit der Zeit ergeben, und einstweilen bleibt mir nichts anderes übrig, als mich in Geduld zu üben.

Ich erwähne die folgende Begebenheit, da die Emotionen, die Katzen bei anderen zu wecken vermögen, sich nicht allein auf die besessenen Katzenliebhaber unter uns beschränken. Michael und ich sind eng mit meinem Exmann, Geoffrey Moorhouse, befreundet. Geoffrey ist für ein paar Tage bei uns zu Besuch, weil wir gemeinsam der Beerdigung eines sehr guten Freundes namens John Rosselli beiwohnen möchten. Die Trauerfeier findet in der Kirche St. Bene't's in Cambridge statt, und als Johns beide Söhne und seine Lebensgefährtin Lisa sowie sein Bruder und andere Menschen, die ihm besonders nahestanden, Johns Sarg durch den Mittelgang folgen, kommt auch David, mit knapp über dreißig sein jüngster Sohn, an unserer Bankreihe vorbei. Er wirft uns durch einen Tränenschleier einen tapferen Blick zu. Sein Lächeln steht in krassem Kontrast zu seiner Körperhaltung, die ahnen lässt, dass der Tod des Vaters ihm das Herz bricht, und ich fühle mich überwältigt von der Verletzlichkeit, die er ausstrahlt. Später, am Grab, schließt er mich in die Arme, und dabei spüre ich seine ganze Verzweiflung. Beim anschließenden Empfang gestehe ich Geoffrey, dass David mich in einer bestimmten Art und Weise in seinem Bedürfnis nach Trost an Fannie denken lässt, worauf Geoffrey leidenschaftlich entgegnet:

»Ja, ich weiß genau, was du meinst.«

Ich bin ebenso überrascht wie erfreut über diese Reaktion, da Geoffrey erst kürzlich (und zwar dank Fannie und Titus) für sich entdeckt hat, dass Katzen keine unzähmbaren, kratzenden, beißenden Furien sind, die seinen Garten ungeniert als Toilette benutzen. Andererseits war es möglicherweise auch nur eine nachsichtige Geste gegenüber einer närrischen Katzenverrückten.

KAPITEL 5

Die Beziehung zwischen Titus und Fannie ist bei aller Komplexität sehr innig. Die meiste Zeit begegnen sie einander mit großer Zuneigung und gehen ausgesprochen liebevoll miteinander um, doch manchmal liefern sie sich auch aus heiterem Himmel und vermutlich aus purer Langeweile heftige Scheinkämpfe. Im Verlauf dieser Kämpfe kommt es durchaus auch zu echter Giftigkeit, und das geht so weit, dass sie einander sogar wehtun und eine von ihnen schließlich das Weite sucht. Allerdings gibt es bei diesen Kämpfen niemals jene Wildheit, wie man sie bei rolligen Katzen oder paarungsbereiten Katern beobachtet. Diese kleinen Auseinandersetzungen ergeben sich manchmal im Anschluss an eine ausgedehnte gegenseitige Putzorgie, nachdem sie einander liebevoll von der Nasen- bis zur Schwanzspitze gesäubert haben. Titus legt sich für gewöhnlich entspannt zurück und überlässt die Arbeit Fannie, aber ein Zungenschlag zu dicht an der Kehle kann schon mal als angedeuteter Biss interpretiert werden, und schon ist die größte Balgerei im Gang. Pfoten fliegen, und Zähne blitzen. Es gibt das eine oder andere laute Miauen aus Protest oder Schmerz, dann stolziert eine der beiden mit steil aufgestelltem Schwanz davon. Für gewöhnlich ist Fannie diejenige, die geht. Zuweilen geraten die beiden auch wegen eines ihrer Spielbälle oder eines anderen gemeinsamen Spielzeugs kräftig aneinander. Dann wiederum scheinen sie hochkomplizierte Spielregeln zu befolgen, die bestimmen, wer jeweils an der Reihe ist, und wenngleich Titus eindeutig die dominantere der beiden ist, lässt sie dann Fannie mehr Zeit als »normal« beim Spiel mit ihrer heiß geliebten Spielmaus. Jeden Abend spielen sie (dem für zwei leichte Katzen erstaunlichen Lärmpegel nach zu urteilen) eine ermüdende Partie Fangen, bei der sie die Treppe rauf- und runterjagen und die ganze Länge des Hauses entlangflitzen. Wenn wir in der Küche sind und eine Flasche Wein öffnen, müssen Michael und ich jedes Mal wieder laut lachen, wenn wir das Gepolter über unseren Köpfen hören.

Auf unserem Bett liegen sie entweder Rücken an Rücken, um sich zu wärmen, oder aber ganz auseinander; seltener und besonders süß ist es, wenn sie aneinandergekuschelt »Löffelchen schlafen«. Ist die eine längere Zeit verschwunden, wird die andere unweigerlich nervös. Dabei scheint Fannie Titus mehr zu brauchen als Titus Fannie, wenngleich, während ich dies schreibe, Titus schon länger ganz allein auf dem Bett liegt, während Fannie es sich auf Johns Sofa gemütlich gemacht hat. Das scheint wochentags die übliche Aufteilung zu sein, wenngleich wir sie auch dann hin und wieder zusammen auf unserem großen Bett antreffen. Titus kommt fast immer irgendwann, während ich schreibe, zu mir und lässt sich nicht davon abhalten, sich um meinen Hals herum auf meine Schultern zu legen wie ein Pelzkragen. Diese Position ist für uns beide unbequem und störend, aber ich fühle mich natürlich geschmeichelt. Wenn Fannie es sich in den Kopf setzt, mich bei der Arbeit zu stören, fängt sie die Sache völlig anders an. Sie geht unter den Schreibtisch und schlägt mir die Krallen in die

Schienbeine, um sich so auf meinen Schoß zu hangeln. Dort hockt sie dann spürbar angespannt und wartet darauf, dass ich ihre Ohren und Wangen kraule. Wenn sie gerade schmusig aufgelegt ist, rollt sie sich zusammen und hebt das Kinn, damit ich sie auch dort streicheln kann. Bei Fannie kann man das Vibrieren ihres Schnurrens fühlen, hören tut man es hingegen nicht. Die beiden nähern sich niemals gleichzeitig ein und derselben Person. Wenn einer von uns mit einer von beiden schmust, hält die andere sich fern, wenngleich Titus in solchen Fällen schon mal im Vorbeigehen traurig oder missbilligend maunzt, wenn Fannie gerade liebkost wird. Im umgekehrten Fall drückt Fannie ihr Missfallen durch Schweigen aus.

Titus
Sie hat ungewöhnliche Augen, aus denen sie einem durchdringend und unverwandt in die Augen schaut. Manchmal hält sie diesen Augenkontakt erstaunlich lange aufrecht, und gelegentlich kommt man sich dabei vor, als würde man nicht von einem Vertreter einer anderen Spezies gemustert, sondern von einem Wesen von einem fremden Stern. Ihre Augen haben exakt den gleichen Bernsteinton wie ihr Fell. Diese faszinierende Kombination veranlasste meinen Freund Matthew bei seiner ersten Begegnung mit Titus zu einem kleinen Freudentanz, so entzückt war er von der »orangefarbenen Katze mit den orangefarbenen Augen«.

Titus neigt, obwohl sie nicht kastriert ist, zu Übergewicht, und ich fürchte, dass sie richtig rund wird, wenn es zur unvermeidbaren Kastration kommt. Ihr Gewicht schränkt sie sogar in ihrer Beweglichkeit ein. Otto hat im Laufe ihres kurzen Lebens ebenso wie Fannie heute stets den höchsten Aussichtspunkt in einem Raum gewählt. Die obere Türkante, Schränke, vollgestellte Fensterbänke oder Simse oder auch das höchste Bücherregal, das alles stellte und stellt für diese zwei Katzen eine unwiderstehliche Versuchung dar. Anders Titus. Sie springt bedächtig und beinahe träge vom Fußboden auf einen Stuhl, vom Stuhl auf den Tisch und vom Tisch auf den Klavierdeckel (wobei sie an manchen Tagen auch ohne Rücksicht auf das Geklimper über die nackten Tasten spaziert. Fannie zieht selbstverständlich den höchsten Punkt des Möbels vor, und sogar unser lieber alter Septi hat sich dort hinaufgerettet, wenn er vor Otto flüchten wollte oder an heißen Tagen auf der Suche war nach einem Ort, an dem zumindest ein Hauch von Luftzug wehte). Für Titus kommt ernsthaftes Klettern einfach nicht infrage.

Sinnlich ist sie aber sehr, und dazu ausgesprochen mitteilsam. Wenn Michael oder John heimkommen, begrüßt sie sie mit einer ganzen Bandbreite klagender Miaulaute, die sie mehrmals wiederholt, und zwar mit steigender Intensität. Ignoriert man sie, geht das Klagen über in kurze, prägnante Laute, die sehr deutlich eine Dringlichkeit zum Ausdruck bringen. Manche behaupten, das Miauen einer Katze könne so ziemlich alles bedeuten. Auf jeden Fall lässt sich beobachten, dass diese Rufe eine ganze Reihe von Emotionen ausdrücken: von Betteln über Furcht, Zorn, Groll, Einsamkeit und Hunger bis hin zu Zufriedenheit, Lust, Freude und sogar, davon bin ich überzeugt, Liebe. Mir wird diese laute Begrüßung nur selten zuteil, was daran liegen mag, dass sie mir meine Verbundenheit mit Fannie verübelt. Im Übrigen bekundet sie mir ihre Zuneigung bei anderen Gelegenheiten und auf andere Arten. So ist das eben bei Katzen.

Bei Michael und John gebärdet sie sich wie ein richtiges

Baby. Nachdem sie sie wortreich begrüßt hat, wickelt sie mit einer beinahe theatralischen Sinnlichkeit selbstvergessen ihren plumpen Leib um ihre Schultern. Manchmal, wenn sie auf einer Sessel- oder Sofalehne liegt, reibt sie den Kopf so nachhaltig an der von ihr auserwählten Person, um dieser ihren eigenen Geruch zu verleihen, dass sie hierüber das Gleichgewicht verliert und die Schmach eines uneleganten Absturzes erdulden muss, nur um sofort wieder hochzuklettern und das Spiel fortzusetzen. Kürzlich hat sie angefangen, auch an mir ihren Kopf zu reiben, wenngleich sie mir ihre klangvolle Begrüßung weiterhin vorenthält. Allerdings kaut sie auf meinen Haaren herum, was zuweilen darin gipfelt, dass sie mich in den Kopf beißt, wobei es mir bisher nicht gelungen ist zu ergründen, ob es sich hierbei um ein Versehen handelt oder ob eine Absicht dahintersteckt. Fannie putzt ebenfalls regelmäßig mein Haar, und es könnte sein, dass Titus sich das von ihr abgeguckt hat. Ich möchte fast behaupten, dass sie sehr gut weiß, wie wütend es Fannie macht, die jedes Mal wieder demonstrativ den Raum verlässt, wenn Titus mir diese Sonderbehandlung zuteilwerden lässt.

Wenn Fannie und Titus mehrere Stunden getrennt waren, macht Fannie sich auf die Suche. Für gewöhnlich legt sie sich dann zu ihrer Schwester und putzt diese über längere Zeit liebevoll. Titus akzeptiert diesen Liebesbeweis in der Regel großmütig mit geschlossenen Augen und sichtlichem Genuss, wobei sie hin und wieder eine Zärtlichkeit erwidert, jedoch ohne ihre eigene Bequemlichkeit aufzugeben und wohl vor allem, um Fannie bei Laune zu halten.

Fannie
Fannie ist ganz Mädchen. Sie ist so unabhängig, wie ihre Mutter es war, und hat dazu deren Aussehen und Anmut geerbt. Wenngleich sie etwas schüchterner ist als Otto zu Lebzeiten,

macht sie dies durch unübertroffene Eleganz wieder wett. Sie ist gertenschlank, ja schon fast dünn, und verkörpert die fleischgewordene Weiblichkeit. Jeder, der uns das erste Mal besucht, ist fasziniert von ihrem Aussehen, vor allem jenen anmutigen mandelförmigen Geisha-Augen, wobei diese Bewunderung manchmal begleitet wird von einer gewissen Befremdung angesichts ihrer Distanziertheit.

Sie hat die gleiche Angewohnheit wie ihre Mutter und vergisst manchmal nach dem Putzen, die Zunge »einzufahren«, sodass die Zungenspitze vorn rosa durch die Lippen schimmert und sie an einen niedlichen Teddybären aus den Fünfzigerjahren erinnert. Diesen Ausdruck behält sie manchmal über mehrere Minuten bei, und ich schmelze jedes Mal wieder dahin. Wenn sie besonders schmusig gestimmt ist, rollt sie sich mit unbeschreiblicher Anmut auf den Rücken und reckt dabei das Köpfchen in die Höhe. Die Pose ist unbeschreiblich anziehend, und zudem besitzt sie die unvergleichlich mädchenhafte Angewohnheit, mit beiden Pfoten die Augen zu verdecken und dabei den Kopf zu neigen, wobei sie einen beobachtet, um sich davon zu überzeugen, dass man auch genau hinschaut und sie bewundert.

Letztens brachte sie sich gerade wieder in Pose, als sie hörte, wie Titus vor Michael her die Treppe hinaufsprang. Sie drehte sich hastig herum, setzte sich sehr aufrecht hin und wickelte geschmeidig den Schwanz um die Vorderpfoten, als wartete sie auf ihren Vorhang. Als die beiden dann den Raum betraten, wurden sie nicht etwa von dem selbstvergessenen sinnlichen Wesen empfangen, das mich noch vor wenigen Sekunden becirct hatte, sondern von Fräulein Etepetete.

Langsam naht die Osterhasenzeit oder, genauer, der Zeitpunkt, da unser jüngster Familienzuwachs in unser aller Leben treten wird. Ich sehe dem großen Tag mit gemischten Gefühlen entgegen.

Ich quäle mich weiterhin mit Gewissensbissen unseren zwei Katzenmädchen gegenüber. Ich habe einen weit reichenden Schritt eingeleitet, und die Neuerung wird den beiden zumindest anfangs ganz sicher nicht schmecken. Andererseits werden sie vermutlich das Verlangen verspüren, sich zu paaren, ein Instinkt, der bei beiden sehr ausgeprägt zu sein scheint, vor allem bei Titus, die sich ziemlich schamlos gebärdet. Fannie hat schon mehrmals nach einem Kater gerufen, sich aber jedes Mal ins Haus geflüchtet, bevor ein herumstreunender Verehrer ihrem Ruf folgen konnte. Es bereitet mir großes Kopfzerbrechen, das Gleichgewicht zwischen den beiden zu stören. Sie stehen einander extrem nah, doch man darf nicht außer Acht lassen, dass sie auch im Wettstreit miteinander stehen. Ich habe ihnen kürzlich erst einen Kletterbaum mit drei verschiedenen Ebenen gekauft, den sogar Titus mühelos erklettern kann, worauf sie sehr stolz ist. Fannie hingegen hatte ursprünglich Angst davor wegen des Balls mit dem Glöckchen, der daran befestigt ist. Inzwischen hat sie sich allerdings daran gewöhnt und springt vom Boden auf die höchste Plattform, die in etwa in meiner Kopfhöhe angebracht ist. Heute hat sie dies wieder getan, während Titus bedächtiger bis zur zweiten Etage geklettert ist, also einer unter Fannie, und ich war bei aller Belustigung auch schockiert zu sehen, wie Fannie gleich mehrmals mit der Pfote nach Titus' Kopf schlug, bis Titus schließlich aufgab und heruntersprang.

Michael hat heute mit den beiden mit einem Palmwedel von Palmsonntag auf dem Tisch gespielt, und dabei wurde deutlich, dass Fannie die rechte Pfote bevorzugt und Titus die linke. Allerdings habe ich auch schon beobachtet, dass sie mit beiden Vorderpfoten nach dem Ball schlagen. Trotzdem scheinen sie eine gewisse Seite zu bevorzugen, und warum auch nicht?

Morgen werde ich also unseren neuesten Familienzuwachs abholen, und Michael hat sich einen Spaß daraus gemacht, unsere Mädchen die ganze Woche lang mit den Worten zu necken: »Seid bloß vorsichtig, bald gibt's eins auf die Nuss«, wobei er mit »Nuss« die Nase meint.

An diesem Abend kommt es zu zwei sonderbaren Vorfällen. Ollie, Michaels jüngster Sohn, war den ganzen Tag daheim, sodass die Katzen nicht allein waren, aber etwa eine Stunde vor meiner Rückkehr ist er zusammen mit seinem Vater und seinem älteren Bruder in den Pub gegangen. Als ich gegen einundzwanzig Uhr von der Arbeit komme und meinen Wagen auf der gegenüberliegenden Straßenseite parke, sehe ich unter dem Saum der Netzgardine beide Katzengesichter. Fannie schaut schon mal gern hinaus, aber Titus hat bislang äußerst selten Interesse an Passanten gezeigt. Heute Abend sitzen alle zwei da und sehen irgendwie verloren aus. Was mag in ihnen vorgehen? Können Katzen vielleicht in die Zukunft blicken?

Die nächste denkwürdige Episode ereignet sich, kurz nachdem ich sie in den Auslauf gelassen habe, wo sie gern herumtoben, vor allem in der Abenddämmerung. Ich schenke ihnen keine besondere Beachtung, registriere jedoch am Rande, dass Fannie auf einen der Blumenkübel geklettert ist (natürlich wieder einmal der höchste Punkt im Garten), während Titus unten auf dem Boden umhertollt. Ich gehe zurück ins Haus, um das Abendessen zuzubereiten, als Titus plötzlich ein Kreischen von sich gibt, einen wirklich ohrenbetäubenden schrillen Schrei. Fannie kommt erschrocken hereingeschossen und ist schon halb die Treppe hinauf, ehe sie sich besinnt und vorsichtig zurückkehrt. Ich stürze nach draußen. Ich weiß selbst nicht, was ich erwarte: einen feuerspeienden Drachen, einen zähnefletschenden Braunbären, den Geist der vergangenen Weihnacht, der mal als Körper ohne Kopf, mal als körperloser Kopf herumspukt?

Ich schnappe mir Titus und bringe sie in die Küche, um sie vor dem zu beschützen, was da draußen lauert, und schließe die Tür hinter ihr. Dann stehe ich allein draußen wie eine wachsame Löwenmutter und starre angestrengt in das Dunkel jenseits des Auslaufs, kann jedoch nichts erkennen. Ich gehe einmal um den Auslauf herum, kann aber nichts finden, das eine solche Reaktion bei Titus ausgelöst haben könnte. Als ich ins Haus zurückgehe, steht sie immer noch mit aufgestelltem Pelz da, sodass sie aussieht wie ein großes rötliches Stachelschwein. Die Krönung des Ganzen ist ihr steil, in einem Neunzig-Grad-Winkel zum Körper aufgestellter Schwanz, der derart aufgeplustert ist, dass er mehr Ähnlichkeit mit einem Fuchs- denn mit einem Katzenschwanz hat.

»Was ist denn los?«, frage ich sanft. Sie blickt sichtlich nervös mit dunklen, geweiteten Pupillen zu mir auf. Fannie kommt zu ihr, und die beiden beschnuppern sich lange ausgiebig. Für mich sieht es aus, als redeten sie miteinander. Fannies Schwanz ist jetzt ebenfalls leicht aufgeplustert, aber Titus, die offenbar das meiste wovon auch immer abbekommen hat, hält das Fell entlang der Wirbelsäule aufgestellt, und auch der Schwanz bleibt noch weitere zehn Minuten aufgebauscht.

Am Morgen erfahre ich schließlich von Oliver, dass eine schwarze Katze, die ich schon öfter im Garten gesehen und sofort wieder über die Mauer gescheucht habe, tagsüber erneut als ungebetener Gast im Garten war. Als Oliver die Hintertür geöffnet hatte, war die fremde Katze den vermeintlich katzensicheren Zaun mühelos hinaufgeklettert und hatte ebenso spielerisch den nach innen geneigten Überhang überwunden, hierbei sehr aufmerksam von Titus beobachtet. Das war doch sicher kein unkastrierter Kater, oder? Welche Ironie, ausgerechnet jetzt, da der Einzug unseres eigenen Katers unmittelbar bevorsteht!

KAPITEL 6

Der Neuzugang

Heute ist der lang ersehnte Tag, an dem wir unser neues Kätzchen abholen. Wir werden ihn Puschkin nennen, da, einer selbst auferlegten Hausregel folgend, alle Katzen nach literarischen Größen benannt werden und er immerhin ein Vertreter der Rasse Russisch Blau ist. Erst wollten wir ihn Tolstoi nennen, aber meine Freundin Sue hat mich schließlich davon überzeugt, dass Puschkin viel besser zu einer Katze passt.

Erfüllt von lang gehegter Vorfreude, fahre ich die fast zweihundert Meilen, um Puschkin abzuholen und nach Moon Cottage zu holen. Ich bin schrecklich nervös, aufgeregt, unsicher und, ja, ich gebe es zu, erfüllt von mütterlicher Fürsorge. Michael kann mich aus beruflichen Gründen nicht begleiten, und ich weiß, dass es ihn etwas traurig stimmt, dieses bedeutsame Erlebnis zu versäumen. Ich für meinen Teil werde von Schuldgefühlen geplagt, weil ich mich insgeheim freue, diese kostbaren Augenblicke ganz für mich allein zu haben.

Ich erreiche mein Fahrtziel zur vereinbarten Zeit und werde herzlich empfangen. Erwartungsvoll betrete ich Pusch-

kins Geburtshaus. Ich bin dankbar, dass ich seine Mutter nicht zu sehen bekomme, nachdem sie mich bei meinem letzten Besuch über den Kopf ihres saugenden Sohnes hinweg angeschaut hatte mit einem Ausdruck, der so eindeutig besagte: »Er gehört mir und nicht dir«, dass ich den Blick abgewandt hatte.

Als ich mit Puschkin in der Transportkiste das Haus verlasse, gibt er klagende, hohe Maunztöne von sich, und auf der Rückfahrt miaut er mehrmals. Ich habe die Kiste auf den Beifahrersitz gestellt und mit dem Gurt fixiert, sodass ich mich die ganze Fahrt über mit dem kleinen Mann unterhalten kann. Aus dem Augenwinkel sehe ich, dass er mich unruhig beobachtet, aber mit der Zeit entspannt er sich, und als ich das nächste Mal hinschaue, hat er sich zusammengerollt und schläft tief und fest. Und so verschläft er den Rest der Heimfahrt.

Im Haus verlässt er die Transportkiste und trinkt aus der Wasserschüssel, als wäre er hier schon immer zu Hause gewesen. Ich habe vorsichtshalber die Wohnzimmertür geschlossen, damit meine zwei Mädels ihn nicht sehen können. Kurz nachdem er getrunken hat, benutzt er die Katzentoilette und schaut sich hiernach die neue Umgebung an. Schließlich komme ich zu dem Schluss, dass es an der Zeit ist, den Neuzugang mit den beiden anderen Katzen des Hauses bekannt zu machen. Eine einzige Katastrophe! Oder zumindest extreme Unhöflichkeit seitens unserer Damen. Fannie faucht energisch, während Titus den Fremdling zu meiner Überraschung still und sogar ein wenig ängstlich begutachtet.

Puschkin zeigt, was er drauf hat. Er erwidert den Blick der Mädchen lautlos und mit einer Gelassenheit, die mich verblüfft. Ich nehme ihn hoch, um ihn zu trösten, und er beginnt sofort, ebenso laut wie unwiderstehlich zu schnurren. Ich setze ihn wieder ab, woraufhin Fannie und Titus sich beide ins Wohnzimmer zurückziehen und ihn aus sicherer Entfernung anstarren. Titus sieht geradezu entsetzt aus. Fannie kommt immer wieder zu ihm, macht aber jedes Mal gleich darauf kehrt und faucht die ganze Zeit hochaggressiv. Nachdem er seine Erkundungstour kurz unterbrochen hat, beschließt Puschkin, das Fauchen souverän zu ignorieren, und steuert geradewegs auf Fannie zu. Sie knurrt tief und anhaltend, fast wie ein Hund. Bei diesem Laut hält der kleine Kater abrupt inne. Ich vermute, dass er in seinem kurzen Leben noch nie einen so bedrohlichen Laut gehört hat. Ach, meine Mädchen! Ach, mein kleiner Junge! Es tut mir ja so leid. Was habe ich nur getan?

Michael kommt heim. Er ist wirklich traurig, dass er die in seinen Augen entscheidende erste Begegnung versäumt hat, aber tatsächlich war es gar nicht so toll. Er hat zwischendurch immer wieder angerufen und sich exakt schildern lassen, wie sich alle Protagonisten verhalten, und bei seiner Ankunft ist er, wie nicht anders zu erwarten war, sofort ganz verzaubert von Puschkin und hat nur noch Augen für ihn. Immerhin ist Puschkin ein bemerkenswerter kleiner Kater.

Er ist so winzig, dass er in meiner hohlen Hand sitzen kann, und von wunderschöner blaugrauer Farbe mit beinahe unsichtbaren parallel verlaufenden dunklen Streifen auf dem Rücken, die jedoch in Kürze vollständig verschwinden werden. Seine Augenfarbe wechselt gerade von Babyblau zu Grün. Dazu hat er tiefgraue Schnurrhaare und die niedlichste dunkelgraue Nase, die ich je gesehen habe, und oben auf dem Kopf die riesigsten, ebenmäßigsten, spitzen Ohren, die man sich nur vorstellen kann. Er ist ein echter Herzensbrecher, und das mit gerade mal zwölf Wochen.

In dieser ersten Nacht sperren wir ihn aus Rücksicht auf die Mädchen und zu seinem eigenen Schutz mit der Katzentoilette, Futter, Wasser und seinem kleinen Bett, das er sogleich angenommen hat, im Wohnzimmer ein. Ist das der Unterschied zwischen einer gewöhnlichen Hauskatze und einem Aristokraten? Dass Erstere sich irgendwo einen Schlafplatz suchen, während Letztere Wert legen auf ein eigenes Katzenbett? Die Mädchen sind unruhig, laufen miauend in unserem Zimmer umher und stehen irgendwie neben sich. Aufgrund ihrer Nervosität lassen sie sich nicht von uns streicheln oder sonst wie beruhigen, obwohl sie unsere Nähe suchen. Gegen halb drei Uhr nachts stehe ich auf und gehe nach unten. Puschkin kauert verschüchtert unter dem Sekretär, sodass ich ihn in sein Bettchen zurückbefördere und bei ihm bleibe, bis er eingeschlafen ist. Ich versuche, nicht darüber nachzudenken, wie es sein muss, wenn man abrupt von seiner Mutter, seinen beiden Schwestern, seinen zwei Brüdern und dem einzigen Heim, das man bislang gekannt hat, getrennt wird, um dann meilenweit durch das Land geschaukelt zu werden und in einem Cottage zu landen, das einem völlig fremd ist und in dem man von zwei ausgesprochen unfreundlichen Katzendamen empfangen wird.

Puschkin ist erstaunlich lebhaft und muss einfach alles begutachten. Er ist unglaublich flink. Ich hatte völlig vergessen, wie schnell junge Katzen sein können! Er schafft es sogar, den Katzenbaum hinaufzuklettern. Sitzt allerdings Fannie auf der obersten Plattform, wird er mit kräftigen rechten Haken vertrieben. Zweimal hat sie ihn schon unsanft nach unten befördert. Der Kleine zeigt sich auch in dieser Lage würdevoll. Er schüttelt sich nur, steht auf und klettert sogleich wieder hinauf. Puschkin fühlt sich offenbar zu Titus hingezogen, die als rundere meiner beiden Mädchen auch mehr Wärme ausstrahlt. Puschkin hat offenbar ein ausgeprägtes Wärmebedürfnis. Titus begegnet ihm hochnäsig und irgendwie empört. Sie miaut nicht mehr, auch wenn ich diesem Umstand nicht so viel Aufmerksamkeit schenke, wie ich es vielleicht sollte. Seltsamerweise scheint letztlich Fannie, die unruhigere der Katzenmädchen, Puschkin eher zu akzeptieren.

Michael und ich mussten heute immer wieder ausgiebig die eine oder andere Katzendame knuddeln. Schließlich gelingt es mir, beiden ein sehr leises Schnurren zu entlocken (eigentlich ist es mehr ein Vibrieren als ein Schnurren), wobei es bei Titus eine Ewigkeit dauert, bis sie sich dazu herablässt. Fannie steigt in Puschkins verlassenes Bett, und ich wage das Risiko, den Kleinen zu holen und zu ihr zu setzen, um zu sehen, was passiert. Zögerlich beginnt sie, ihn zu putzen, worauf der kleine Kater sofort anfängt, laut zu schnurren. Das Schnurren lässt seinen ganzen Körper vibrieren. Plötzlich beginnt Fannie, ohne das Putzen zu unterbrechen, leise zu fauchen. Ist diese Katze schizophren oder was? Sogar Puschkin macht angesichts der widersprüchlichen Signale ein verdutztes Gesicht.

Gestern Nacht haben wir ihn wieder allein im Wohnzimmer eingesperrt, aber die Mädchen waren trotzdem furchtbar unruhig. Als ich das Zimmer betrat, telefonierte John gerade mit einem Bekannten und erzählte diesem, wir hätten ein neues Kätzchen namens Stud[1]. Offenbar fragte sein Bekannter nach, da Johns nächster Kommentar lautete: »Ach, wir benennen unsere Katzen immer nach der ihnen zugedachten Aufgabe.«

Kurze Zeit später überraschte ich Titus und Puschkin auf Johns Bett. Titus leckte den kleinen Kater einige Male flüchtig, doch der Frieden war nur von kurzer Dauer.

Heute Nacht wollen wir es Puschkin überlassen, seinen Schlafplatz frei zu wählen. Er schläft auf unserem Bett und macht es sich ganz selbstverständlich zwischen Michael und mir bequem. Dieser Kater ist wirklich frech. Die Mädchen reagieren entsprechend irritiert. Du lieber Gott!

Eines Morgens drei oder vier Tage später betrete ich nach dem Duschen – Fannie liegt nach der üblichen Kuschelorgie noch in Rückenlage auf meinem Arm – Johns Schlafzimmer auf der Suche nach den beiden anderen Stubentigern. Titus und

---

[1] Englisch für Zuchthengst, Anmerkung des Übersetzers.

Puschkin liegen Rücken an Rücken auf Johns Bett. Titus wirft nur einen Blick auf Fannie in meinen Armen, dreht sich sofort herum und fängt überraschend an, Puschkin intensiv zu putzen. Der kleine Kater gibt sich so opportunistisch wie immer und schnurrt genießerisch. Fannie, die trotz der Rückenlage die beiden Katzen auf dem Bett mit einem langen Seitenblick gemustert hat, scheint nicht zu gefallen, was sie sieht: Sie springt von meinem Arm und läuft nach unten. Ich verlasse das Zimmer, werfe jedoch durch den Türspalt einen verstohlenen Blick auf das ungleiche Pärchen. Sobald Fannie und ich das Zimmer verlassen haben, beendet Titus die Putzorgie. Es scheint sich also tatsächlich um eine »Sieh her, er ist mein Freund und nicht deiner«-Aktion gehandelt zu haben, um Fannie zu ärgern, eine Art Retourkutsche, weil sie bei mir auf dem Arm war. Wie kompliziert die Beziehung zwischen den drei Katzen doch ist!

An diesem Morgen gehe ich hinaus in das abgezäunte Gartenstück. Fannie und Titus laufen voraus und springen auf den Gartentisch. Puschkin kommt nach. Das ist sein erster Ausflug ins Freie. In seiner Furcht vor der neuen Umgebung plustert er das Babyfell auf und sieht plötzlich aus wie ein kleiner silberner Igel. Sein Schwänzchen bildet keinen Neunzig-Grad-, sondern vielmehr einen Einhundertfünfundvierzig-Grad-Winkel, und die Haare stehen nach allen Seiten hin ab wie bei einer Kaminfegerbürste.

Ich bin eben damit beschäftigt, Kaninchendraht von außen am Zaun zu befestigen, da Puschkin durchaus noch durch die Löcher im Holzgitter schlüpfen könnte, als Titus ebenso plötzlich wie unerwartet auf das Tor springt und in verblüffendem Tempo geschickt hinüberklettert, offenbar auf demselben Weg, auf dem laut Oliver die schwarze Katze geflüchtet ist. Katzen sind also sehr wohl in der Lage, Beobachtetes nachzuahmen. Titus hatte seit vergangenen Juli nie Anstalten gemacht, über den Zaun klettern zu wollen, und jetzt wird mir auch bewusst, dass sie einige Zeit vor dem Tor gesessen und dieses beobachtet hat, bevor sie ihren Versuch gestartet hat. Ich komme also zu dem Schluss, dass Katzen nicht nur zu komplexen Denkprozessen fähig sind, sondern außerdem in der Lage, Handlungen im Voraus zu planen. Nachdem Titus in den eigentlichen Garten gelangt ist, kauert sie sich hin, offenbar unsicher, was sie als Nächstes tun soll. Ich nutze die Gelegenheit, sie mir zu schnappen und in den Auslauf zurückzubringen. Dann bastle ich eine kleine Ewigkeit an einer zusätzlichen Sicherung, indem ich rundum Kaninchendraht anbringe sowie einen zusätzlichen doppelseitigen Überhang, um zu verhindern, dass noch einmal eine unserer Katzen ausbüxt oder eine fremde Katze in deren Revier vordringt. Wollte Titus nur dem Störenfried im eigenen Haus entfliehen?

Inzwischen gibt es auch Schwierigkeiten bei der Fütterung. Bisher habe ich unten immer Trockenfutter für die beiden Mädchen stehen gehabt, und sie fressen fast nichts anderes, wenngleich ich auf Anraten meines Tierarztes versuche, ihnen einmal täglich eine Portion Dosenfutter schmackhaft zu machen. Bislang habe ich dieses Feuchtfutter immer für beide gemeinsam in eine einzige Schüssel gegeben, aber nun legt unser kleiner Kater ausgesprochen schlechte Manieren an den Tag und schiebt die Mädchen mit unsanften Kopfstößen einfach beiseite, sodass ich gezwungen bin, ihn separat in einem anderen Zimmer zu füttern. Damit scheint das Problem weitgehend gelöst zu sein, auch wenn er dazu neigt, sich Titus anzuschließen, jedes Mal, wenn diese Trockenfutter frisst, sodass sie aus reinem Selbsterhaltungstrieb heraus begonnen hat, Trockenfutter im Maul anderswo hin zu tragen, um in Frieden fressen zu können. Puschkin liebt es, seine Mahlzeiten in Gesellschaft einer anderen fressenden Katze einzunehmen. Ich nehme an, dass diese Vorliebe für gemeinschaftliches

Fressen auf seine Erinnerung an seine Mutter und seine Geschwister zurückzuführen ist. Bei seiner Geburt war er der Kleinste aus dem Wurf, hat aber rasch aufgeholt, sobald zugefüttert wurde.

Ostern steht vor der Tür, und über die Feiertage bekommen wir Besuch von verschiedenen Mitgliedern unserer jeweiligen Familien, die sich freuen, uns einmal wiederzusehen und bei dieser Gelegenheit das jüngste Familienmitglied kennenzulernen. In seinem Alter ist er natürlich zum Anbeißen süß, sodass wir ernsthaft befürchten, jemand könne ihn entführen.

Wochen vergehen, und Puschkins Energie scheint unerschöpflich zu sein. Sind alle jungen Katzen so quirlig? Die Antwort auf diese Frage lautet vermutlich ja, aber Puschkin kommt uns besonders temperamentvoll vor, wenn er wie ein Wirbelwind durch das Haus fegt, wobei er das Toben unweigerlich irgendwann abrupt einstellt, um dann auf der Stelle einzuschlafen. Schläft er, ist er unglaublich schwer zu wecken. Fast scheint es, als fiele er wie ein Narkoleptiker von jetzt auf gleich in einen komaähnlichen Zustand.

Es ist offensichtlich, dass Titus und Fannie sich oft von Puschkins Ausbrüchen gestört fühlen, und John, Michael und ich bemühen uns, jeder auf seine Art, die Mädchen zu beruhigen. Heute Morgen sind die beiden hinter mir auf dem Bett eingenickt, während Puschkin ganz still in der kleinen Hängematte an der Wand döste (sie hatten ihn dorthin verbannt, nachdem er sie gegen sich aufgebracht hatte, aber er war ohnehin so erschöpft, dass er sich sofort einrollte und einschlief).

KAPITEL 7

Frühsommer

Langsam verändert sich die Beziehung zwischen unseren drei Samtpfoten, wenngleich es auch weiterhin explosive und schwierige Momente gibt. Titus und Fannie putzen Puschkin jeden Tag eine Weile auf eine fürsorgliche schwesterliche Art. Wenn er zum Schlafen ihre Nähe sucht, was häufig der Fall ist, fühlen sie sich durchaus zu ihm hingezogen, und ich denke, dass nicht zuletzt sein zartes Alter dazu beigetragen hat, ihre Herzen zu erobern. Offenbar liegt er gern Rücken an Rücken, vor allem mit Titus, und heute Morgen habe ich sie sogar in Löffelchen-Stellung angetroffen.

Wenn er gerade aufgewacht und noch ganz verschlafen ist, sich noch streckt und gähnt und dichter an sie heranrückt, um den Kopf in ihrem Fell zu vergraben, gehen sie anfangs noch sehr zärtlich mit ihm um, aber es dauert nie lange, bis er es sich mit seinen derben Kopfstößen mit ihnen verdirbt. Für ihn ist es offenbar ein Zeichen größter Zuneigung, dem die beiden Damen sich jedoch stur verweigern. In der Sekunde, da er völlig wach ist und wie Tigger aufspringt, um, seinem Zeichentrick-Vorbild nacheifernd, wild umherzuhüpfen, suchen meine Mädchen regelmäßig das Weite. Die Beziehung zwischen den beiden hat sich ebenfalls gewandelt. Zwar putzen sie sich noch gegenseitig, jedoch nur noch sporadisch, und wenn eine der Schwestern die andere anspringt, was vor Puschkins Einzug unweigerlich als niemals ausgeschlagene Spielaufforderung gewertet wurde, scheinen sie einander mit echtem Argwohn zu begegnen und das Spiel zu meiden. Noch überraschender ist, dass die Mädchen ihre nächtlichen Verfolgungsjagden eingestellt haben. Stattdessen jagen Titus und Fannie nun abwechselnd Puschkin oder er sie, sie spielen jedoch niemals zu dritt.

Vor zwei, drei Tagen hat Titus sehr deutliche Anzeichen einer Rolligkeit gezeigt, wobei sie ihr Hinterteil mit aller Deutlichkeit in die Höhe gereckt und nachdrücklich ihre Paarungsbereitschaft signalisiert hat. Michael und ich vermuten, dass die Anwesenheit eines Katers, so jung dieser auch noch sein mag, diese extreme Zurschaustellung provoziert. Die Kehrseite der Medaille ist allerdings gewesen, dass Titus ihr Hinterteil Michael, John, mir und schließlich sogar Fannie dargeboten hat, jedoch nicht Puschkin. Zwar nutzen die beiden Mädchen jede Gelegenheit, um Puschkin zu beschnuppern, weisen ihn aber sofort zurecht, wenn er ihnen zu aufdringlich wird. In der Katzenwelt scheint das Schnuppern an den Genitalien ein wirkungsvolles Mittel zu sein, den Gegner zu verunsichern.

Heute Abend versucht Titus wieder auszubüchsen. Als ich das Tor öffne, um etwas aus dem Tiefkühlschrank im Schuppen zu holen, zwängt sie sich durch den schmalen Spalt wie ein Hase auf der Flucht vor einer Meute Jagdhunde. Ich traue meinen Augen nicht, so flink ist sie. Sie läuft zum Schuppen, wo sie dann aber offenbar der Mut verlässt, sodass sie abrupt haltmacht. Ich laufe die Treppe hinauf und nehme sie auf den Arm, woraufhin sie, durch meine Nähe ermutigt, erneut zu entkommen versucht. Ich halte sie gut fest und fühle ihren hämmernden Herzschlag. Vorsichtig setze ich sie im Auslauf wieder ab. Wie ein Häufchen Elend hockt sie da. Sie öffnet das Maul, gibt jedoch keinen Laut von sich. Seit dem Eindringen der fremden schwarzen Katze, mit der Titus sich möglicherweise geprügelt hat, hat sie nicht mehr miaut. Hat sie hier im Garten etwas erlebt, das sie bis heute ängstigt?

Das erstickte leise Maunzen, das sie schließlich bei dem Versuch zu miauen hervorpresst, bricht mir das Herz, und ich beschließe, vielleicht etwas spät, mit ihr zum Tierarzt zu gehen.

Kate untersucht sie sorgfältig und stellt fest, dass sie eine Halsverletzung hat, die vermutlich von einem Fremdkörper wie beispielsweise einem Stöckchen verursacht wurde. Sie spritzt Titus ein Antibiotikum und einen Entzündungshemmer, und schon kurze Zeit später erholt sich die arme Titus wieder. Wenige Tage nach unserem Besuch in der Klinik kann sie sogar wieder miauen. Ich frage mich, wie sie sich die Verletzung zugezogen haben mag. Mir fällt ein Spielzeug ein, das sie heiß und innig liebt und hin und wieder mit sich herumträgt, ein Stöckchen mit einer Feder an einem Ende. Ich lasse das Ding klammheimlich verschwinden.

Puschkin wächst rasch heran, aber ihm unterlaufen immer noch hin und wieder jugendliche Fehleinschätzungen, die ihn entwaffnend tollpatschig erscheinen lassen. Als ich heute in unserem Schlafzimmer im Sessel sitze und lese, schaue ich gerade auf, als Fannie hereinkommt und mit unübertrefflicher Anmut und Sicherheit die Entfernung von etwa einem Meter zwanzig auf unser sehr hohes Bett überwindet. Puschkin, der draußen vor der Tür gelegen und zugesehen hat, streckt sich, durchquert das Zimmer, imitiert perfekt Fannies Sprung und landet schwer auf ihr. Hierauf folgt lautes Gezeter, dann ein Fauchen und ein dumpfer Aufprall, als Fannie blitzschnell das Weite sucht und die Treppe hinunterpoltert.

»Was hast du da nur wieder angestellt, du Tollpatsch«, schimpfe ich lachend. Er schaut mich glücklich an. Vielleicht ist es ja gar kein Versehen gewesen.

Inzwischen haben wir Mitte Juni, und es verspricht ein sonniger heißer Tag zu werden, wenngleich sich im Augenblick noch in Abständen Wolkenfetzen vor die Sonne schieben und für kühle Abschnitte sorgen. Der Garten erstrahlt in einem Meer von Farben. Das tiefe Rot der verblühten Pfingstrosen wetteifert mit dem Rosa und Lila des Fingerhuts, der brusthoch aus Büscheln wilder blauer Geranien und pink- bis lilafarbener Lupinen ragt. Die üppigen Kletterrosenranken über den Pergolen kommen mir schöner vor denn je. Auf meinem Weg zurück zum Katzenauslauf registriere ich die Hintergrundgeräusche: das Summen der fleißigen Bienen und die aufgeregten Stimmen der Vögel, die sich laut untereinander oder mit ihrem Nachwuchs austauschen.

Im Auslauf liegen die Katzen lang ausgestreckt träge da. Früher am Morgen haben sie sich noch um einen Platz an der Sonne gebalgt, aber jetzt, da diese hoch am Himmel steht und die Wolken sich aufgelöst haben, liegen sie entspannt jede für sich. Als ich dieses sommerliche Paradies betrete, steht der schlaksige Puschkin jedoch bereits wieder auf, gähnt und reißt dabei so weit das Maul auf, dass man fürchten könnte, er würde sich gleich den Kiefer ausrenken. Dann schaut er sich um, wobei seine übermütige Miene verrät, dass die Idylle nicht mehr von langer Dauer sein wird. Er ist innerhalb kurzer Zeit zu einem schlanken, muskulösen, lang gestreckten Kater mit spitzem Fuchsgesicht herangewachsen. Seine eckige Schnauze verleiht ihm das typische längliche Profil seiner Rasse und unterscheidet sich deutlich von der runderen, feineren und auch kürzeren Silhouette der Mädchen. Ich habe sofort Schuldgefühle den beiden gegenüber, als ich ihn insgeheim grenzenlos bewundere. Er streckt den langen Hals und die Vorderbeine weit vor, um sich gleich darauf in die entgegengesetzte Richtung zu recken und beide Hinterbeine nacheinander auszuschütteln. Anschließend schüttelt er sich wie ein nasser Hund, springt mit allen vieren in die Luft und landet mitten auf Titus, mit der er sogleich eine Balgerei anfängt. Nach einigem Gejaule zieht er (nicht Titus) sich geschlagen zurück.

Hierauf wiederholt er das Szenario bei Fannie, die er kräftig in den Hals beißt. Es folgt ein wildes Gerangel, begleitet von lautem Quieken, das wie immer damit endet, dass Fannie das Weite sucht – diesmal in den friedlichen Tiefen des Hauses. Das Verhaltensmuster von Katern scheint sich deutlich von jenem weiblicher Katzen zu unterscheiden.

Kurze Zeit später sind Michael und ich zwei Tage auf einer Konferenz, und John versorgt die Tiere. Am Freitagmorgen kommt er hoffnungslos verspätet zur Arbeit, weil Puschkin unauffindbar war. Unser Kater liebt wie alle Russisch Blau die Zurückgezogenheit und liegt gern unter Betten oder an ähnlich geschützten Orten, wobei er sich im Gegensatz zu unseren Mädchen auch nicht durch Rufen hervorlocken lässt. Letztendlich musste der arme John fahren, ohne das Rätsel um Puschkins Verbleib gelöst zu haben. Bei seiner Rückkehr kam Puschkin ihm dann entgegen, als wäre nichts gewesen, ohne ein Wort der Erklärung und auch äußerlich in bester Verfassung.

Unsere drei haben mich kürzlich fast zu Tode erschreckt. Titus und Puschkin sind beide durch das Hintertörchen und quer durch den Garten gewetzt, als wäre der Leibhaftige hinter ihnen her. Erst am anderen Ende des Gartens blieben sie endlich stehen und ließen sich wieder einfangen. Vermutlich hatten sie inzwischen Angst vor der eigenen Courage bekommen, wenngleich sie sich hiervon nichts anmerken ließen, um in typischer Katzenmanier das Gesicht zu wahren. Fannie ihrerseits hat ihren ganz eigenen Beitrag zum Thema »Ausbüxen« geliefert, mit einer Ruhe und Gelassenheit, die in krassem Gegensatz standen zu der Geräuschkulisse um sie herum.

Um acht Uhr dreißig heute Morgen, als der Berufsverkehr draußen auf der Landstraße in beide Richtungen unmittelbar am Haus vorbeirauschte, öffnete ich einem Mann die Haustür, der meinen Wagen abholen und zur Inspektion bringen sollte. Als ich die Tür einen Spaltbreit offen hielt, um ihm die Schlüssel zu reichen, zwängte Fannie sich hinaus und marschierte in aller Seelenruhe über den Bürgersteig bis an die Bordsteinkante, gerade mal zehn Meter entfernt von der Stelle, an der ihre Mutter Otto, der sie so verblüffend ähnelt, überfahren wurde. Ich stürze hinaus und beiße die Zähne zusammen, als sich spitze Steinchen in meine nackten Fußsohlen bohren, packe sie beim Nackenfell und schleppe sie zurück ins sichere Haus. Nachdem der Mann gegangen ist und ich mir in der Küche einen Kaffee koche, kommt mir ein Gedanke. Ich gehe nach oben und blättere in meinem Tagebuch. Heute ist der achtzehnte Juni, und in meinem Tagebuch steht, dass Otto am einundzwanzigsten Juni vor zwei Jahren gestorben ist. Nur ein Zufall?

Ich mache mir viel zu große Sorgen um die Katzen. Die Vorstellung, sie könnten weglaufen, belastet mich sehr, obwohl die Tierärztin meint, sie sollten ins Freie dürfen. Am meisten ängstigt mich hierbei die Straße, aber das ist nicht die einzige Gefahr, die dort draußen lauert.

Es gibt eine bemerkenswerte Geschichte von Deric Longden[1] über sein Kätzchen Thermal, das, nachdem es einen ganzen Monat verschwunden war, schließlich klapperdürr heimkehrt. Von seinen überglücklichen Menschen wird es fürsorglich gefüttert und mit Wasser versorgt, dennoch beginnt es – offenbar reflexartig – systematisch die steinerne Kamineinfassung abzulecken, als es aus tiefem Schlaf aufwacht.

»In fasziniertem Entsetzen beobachteten wir«, so erzählt Longden, »wie seine Zunge einen Stein nach dem anderen ableckte, wobei er den Kopf solcher Art abwinkelte, dass er die waagerechte Mörtelfuge mit einer einzigen lang gezogenen Bewegung komplett erreichte. Er war ganz offensichtlich wieder in seiner Garage oder wo immer er sonst eingesperrt gewesen sein mochte, und auf diese Weise hatte er überlebt: indem er die Feuchtigkeit von den Wänden leckte und sich dabei mit Proteinen versorgte.«

Vor Thermals Rückkehr hatten Deric und seine Lebensgefährtin Aileen alles Menschenmögliche unternommen, um den kleinen Kater zu finden. Sie hatten die Hoffnung fast aufgegeben, als Derics Sohn Nick ihn schließlich ganz in der Nähe ihres Hauses fand, allerdings vor Erschöpfung so schwach, dass er dem Tode näher war als dem Leben.

Ich finde diese Hartnäckigkeit und den festen Glauben daran, dass man eine vermisste Katze trotz aller Widrigkeiten letztlich doch zurückbekommen kann, so rührend. Ob ich

---

[1] Aus: Deric Longden: The Cat Who Came in from the Cold, Corgi Verlag, 1992.

wohl auch ein solches Durchhaltevermögen an den Tag legen würde?

Ungefähr zur gleichen Zeit erzählt mir meine Freundin Trish, die schon als Kind eine Katzennärrin war, eine Geschichte, die mich zu Tränen rührt. Die Geschichte handelt von unbeugsamem Willen und hat sich vor vierzehn Jahren ereignet, als Trish in Nottingham wohnte und ihr Leben mit zwei vier Monate alten Kätzchen teilte, dem Nachwuchs ihrer hübschen schildpattfarbenen Katze Misty. Die Kätzchen waren rot-weiß gefleckt und hießen Baby und Sammy. Das Mädchen, Baby, war ein kleineres, zierlicheres Abbild ihres weitaus pummeligeren Bruders Sammy, dessen Pfoten aussahen wie kleine Tigertatzen. Eines Freitags beschloss Trish, ihre Schwester und ihre Eltern in Bristol zu besuchen. Sie vereinbarte mit einem Nachbarn, dass der in ihrer Abwesenheit die Katzen füttern sollte, entschied dann jedoch spontan, die beiden Kleinen mitzunehmen.

Die Fahrt nach Bristol verlief ereignislos, und sie verbrachte ein wunderbares Wochenende im Kreis ihrer Lieben. Am frühen Sonntagabend war es dann für Trish Zeit, Abschied zu nehmen, und mit einem deprimierenden Morgen-ist-Montag-Gefühl lud sie ihre Samtpfoten wieder ins Auto und machte sich über die verschlungenen Straßen auf den Heimweg nach Nottingham. Auf der Hinfahrt hatte sie festgestellt, dass die Katzen es vorzogen, sich frei im Auto bewegen zu können, sodass sie auf der Rückfahrt von Anfang an auf die Transportkiste verzichtete. Sie war kaum auf der M4, als ihr alter Ford streikte und sie auf dem Seitenstreifen halten musste. Da sie über keinerlei Kenntnisse in Automechanik verfügte und es die heute allgegenwärtigen Handys damals noch nicht gab, stieg sie aus dem Wagen und ging auf dem Seitenstreifen bis zur nächsten Notrufsäule, von wo aus sie die Pannenhilfe verständigte. Sie kehrte zu ihrem Wagen zurück und schaute nach den Kätzchen. Nach einer schier endlosen Wartezeit traf endlich ein Mechaniker vom Pannendienst ein, dem es gelang, ihren Escort wieder flottzumachen. Inzwischen war es dunkel, aber nachdem sie sich mit einem großzügigen Trinkgeld von ihrem »Ritter der Landstraße« verabschiedet hatte, trat sie zügig die Heimfahrt an.

Schon kurze Zeit später fuhr sie von der M4 ab und trat jenen Teil der Strecke an, der über Landstraßen durch die Cotswolds führt. Nachdem sie mehrere Meilen gefahren war, ohne ein Schild gesehen zu haben, erkannte sie niedergeschlagen, dass sie sich hoffnungslos verfahren hatte. Schließlich gelangte sie an eine Kreuzung, aber keiner der Ortsnamen auf den Hinweisschildern sagte ihr etwas. Sie hielt den Wagen an und stellte fest, dass die Innenbeleuchtung nicht funktionierte. Fluchend stieg sie aus und hielt die flatternde Straßenkarte ins Licht der Scheinwerfer. Als sie sich für eine Fahrtrichtung entschieden hatte, stieg sie wieder ein, schlug die Tür zu und griff hinter den Fahrersitz. Ihre Finger ertasteten weiches Katzenfell, und so setzte sie, singend, um sich selbst und ihre Beifahrer bei Laune zu halten, die Fahrt nach Nottingham fort.

Sehr spät am Abend und todmüde erreichte sie ihre Straße und parkte überglücklich, endlich da zu sein, den Wagen vor ihrem Wohnblock. Sie drehte sich um, um die Kätzchen ins Haus zu tragen, fand aber nur Baby. Sammy mit den Riesenpfoten war spurlos verschwunden. Sie schaute überall nach, unter den Sitzen, in Taschen, sogar im Kofferraum: Keine Spur von ihm. Sie stürzte aus dem Wagen und lief mit einer Handvoll Zehn-Pence-Münzen die Straße hinunter, um ihre Schwester anzurufen. Schluchzend berichtete sie dieser, dass

Sammy ausgebüxt sein musste, nachdem der Mann vom Pannendienst gefahren war. Sicher hockte Sammy nun völlig verängstigt mitten im Nichts auf irgendeinem Acker. Weder sie noch ihre Schwester sprachen die Befürchtung aus, er könne ebenso gut auf der Autobahn überfahren worden sein. Ihre Schwester versprach, sofort loszufahren und exakt an derselben Stelle anzuhalten, an der Trishs Escort liegen geblieben war. Aber welche Notrufsäule war es gewesen? Immer noch schluchzend, gestand Trish, dass sie es nicht mehr genau wisse. Ihre großartige Schwester fuhr edelmütig in ihrem schweren schwarzen Rover die M4 entlang, hielt an jeder einzelnen Notrufsäule, stieg über die Leitplanke und rief nach Sammy. Vergeblich. Schließlich gab sie ihre einsame Suche auf und fuhr nach Hause, wohlbehalten, aber unendlich traurig. Daheim holte sie ihren leidgeprüften Mann aus dem Bett, und gemeinsam schrieben sie Karten mit einer Beschreibung Sammys und ihrer Telefonnummer. Als sie fertig waren, stiegen sie ins Auto und fuhren jedes einzelne Dorf entlang der M4 an, wo sie die Karten durch die Briefschlitze sämtlicher Postämter warfen sowie anschließend unter den Türen der Häuser entlang der Autobahn hindurchschoben.

Derweil erinnerte sich Trish daran, dass die Kreuzung, an der sie das zweite Mal gehalten hatte und aus dem Wagen gestiegen war, um im Scheinwerferlicht die Karte zu lesen, sich irgendwo in der Nähe von Banbury befunden hatte. Am darauffolgenden Tag rief sie auf der Arbeit an und bat um Sonderurlaub, stieg ins Auto und fuhr die Strecke zurück, die sie am Vorabend zurückgelegt hatte. Sie hatte ein Foto von Sammy bei sich und einen dicken Notizblock. Nach mehreren Stunden gelangte sie an eine Kreuzung, von der sie meinte, es wäre jene, an der sie gehalten hatte. Von dort aus steuerte sie jedes einzelne Haus in der Umgebung an.

»Ich sage dir, Marilyn, ganz im Ernst, das war mitten im Nirgendwo. Meilenweit nur Felder, Felder und nichts als Felder. Es war jedes Mal wieder ein richtiges Erfolgserlebnis, wenn ich ein Haus entdeckte. Ich fuhr immer weiter und weiter und machte an jedem einzelnen Hof halt. Wenn ich ein junges Kätzchen wäre und mitten in der Nacht irgendwo in der Fremde zurückgelassen worden wäre, so dachte ich, würde ich vermutlich versuchen, ein Haus zu finden mit einem schützenden Dach und der Aussicht auf Futter. Zudem böte ein Bauernhof ja wunderbare Verstecke. Ich lief und lief, und jedes Mal, wenn ich jemanden traf, zeigte ich ihm das zerknitterte Foto von Sammy und drückte ihm einen Zettel mit meiner Adresse und Telefonnummer in die Hand.«

»Haben die Leute dich nicht für verrückt gehalten?«

»Es hat mich ehrlich berührt, wie nett die meisten waren. Ich glaube, sie hatten wirklich Verständnis für mich.«

»Und was war mit deiner Schwester?«

»Die hatte noch nicht eine Rückmeldung, als ich sie nach meiner Rückkehr aus Banbury anrief. Ich sagte immer wieder zu ihr: ›Er ist weg. Ich werde ihn niemals wiedersehen. Ich weiß es. Und ich bin schuld. Ich bin ja so blöd‹.«

Trish erzählt mir diese Geschichte in ihrem Büro bei einer Flasche Wein. An diesem Punkt steigen ihr Tränen in die Augen. Ich wende den Blick ab, damit sie den verräterischen

Glanz in meinen Augen nicht sieht, und genehmige mir einen kräftigen Schluck aus meinem Weinglas. Sie fährt mit ihrer Erzählung fort. Drei endlos lange Tage später klingelte ihr Telefon.

»Ich glaube, ich habe Ihren Kater hier bei mir. Ich bin mir nicht hundertprozentig sicher, denn ich habe das Foto nicht mehr genau im Kopf, aber er entspricht auf jeden Fall ihrer Beschreibung. Er richtet sich gerade häuslich ein, und wenn Sie nicht schnell herkommen, werden wir ihn vielleicht behalten müssen.«

Es war einer der Bauern, die sie aufgesucht hatte, und sie fuhr sofort mit klopfendem Herzen los. Unmittelbar bevor sie von der Hauptstraße abbog, machte sie an einem Gartencenter halt und kaufte eine Riesengladiole als Dankeschön.

Als sie den Hof erreichte, war ihre Kehle wie zugeschnürt vor Spannung und Furcht vor einer Enttäuschung. Die Tür ging auf, und vor ihr stand ein hochgewachsener grinsender Mann, der in seinen großen Händen ein winziges rotes Kätzchen hielt. Ein rotes Kätzchen mit riesigen Pfoten. Trish riss das Tierchen förmlich an sich und brach in Tränen aus.

»Fast hätten Sie ihn nicht zurückbekommen, wissen Sie«, lachte der Bauer und berichtete ihr, was sich ereignet hatte.

Der Bauer erzählte, dass der Kater die erste Nacht in der Scheune verbracht habe. Am nächsten Tag fanden sie ihn, und so verbrachte er die zweite Nacht in der Küche und die dritte bereits im Schlafzimmer. Dann erinnerte sich der Bauer an Trish mit dem Foto und dem Zettel mit ihrer Telefonnummer. Er beschloss, sofort anzurufen, bevor der kleine Kerl ihm und seiner Frau zu sehr ans Herz gewachsen war.

Trish bedankte sich mehrmals überschwänglich bei den beiden und umklammerte dabei glücklich ihren kleinen Herumtreiber. Sie überreichte die Gladiolen zum Dank, woraufhin der Bauer und seine Frau ihrerseits dankten und ihr eine gute Heimfahrt wünschten.

»Und dann sah ich sie ...«, stöhnt Trish.

»Was?«

»Als ich den Wagen wendete und die Zufahrt hinunterfuhr, sah ich endlose Reihen glitzernder Gewächshäuser voller Dahlien, Gladiolen und anderer Blumen. Ein ganzes Meer von Blumen. Ich meine, der Bauer war Blumenzüchter!«

Sammy hockte derweil zufrieden schnurrend unter dem Lenkrad auf ihrem Schoß und unternahm auf der ganzen Fahrt keinen einzigen Ausbruchsversuch mehr.

KAPITEL 8

Die Froschplage

Es hat die letzten vierundzwanzig Stunden ohne Unterbrechung geregnet, und im Umkreis von vielen Meilen herrscht »Land unter«. Die Abendluft ist erfüllt von wundervollen Gerüchen, nachdem es mehrere Wochen lang sehr warm und trocken war. Die Düfte, die vom Garten herüberwehen, die vom vorher ausgetrockneten und nun wassergesättigten Rasen, von den triefenden, schwer herabhängenden Rosenranken und den umgekippten Pfingstrosen sowie vom leicht angeschlagenen und umso geruchsintensiveren Lavendel sind richtig berauschend in ihrer Mischung und Intensität. Endlich hört es auf zu regnen, wenn auch draußen noch alles tropft. Die Katzen, die die herabströmenden Wassermassen den ganzen Tag über durch die offene Hintertür beobachtet haben, gehen dankbar hinaus in ihren durchweichten Auslauf. Fannie drückt sofort die Nase an den Zaun. Jeder Muskel ihres sehnigen Körpers ist angespannt. Sie ist ganz in Jagd-Haltung. Titus spürt dies und springt zu ihr auf den Katzenbaum. Während sie Seite an Seite auf derselben Plattform kauern, starren die beiden unverwandt in dieselbe Richtung. Ich folge ihrem Blick und entdecke einen großen grünen Frosch, der aus großen Augen zurückstarrt. Da er weghüpfen kann und die Katzen durch den Zaun daran gehindert werden, ihren Jagdinstinkt auszuleben, belasse ich den Frosch, wo er ist, damit er sich nach eigenem Gutdünken davonmachen kann.

Ich gehe ins Haus zurück und bin verblüfft, als ich nur wenige Minuten später den unverwechselbaren schrillen Panikschrei eines Frosches höre. Ich laufe nach draußen, um zu sehen, was passiert ist. Der Frosch ist in den Spalt zwischen Mauer und Zaun gefallen und steckt schreiend fest, während die Katzen ihn abwechselnd mit den Pfoten anstupsen. In seiner Erregung hat er sich stellenweise rot verfärbt, sodass es aussieht, als blutete er. Mit klopfendem Herzen rufe ich nach Michael. Warum bin ich in Situationen wie diesen nur so empfindlich? Wir bringen die Katzen ins Haus, und Michael biegt geschickt den Maschendraht zurück. Gemeinsam gelingt es uns, den Frosch, der inzwischen vor Angst in eine Art Starre verfallen ist und dankenswerterweise stillhält, aus seiner misslichen Lage zu befreien. Vorsichtig bringen wir ihn hinaus in den Garten. Seine Haut nimmt nach und nach wieder ihre normale grün-braune Farbe an, und wir stellen fest, dass er nicht blutet, wenngleich er ohne Frage völlig verängstigt ist. Wir setzen ihn ab. Erst kriechend, dann mit zögerlichen Hopsern bringt er sich in Sicherheit. Wir lassen die Katzen wieder ins Freie, und die beiden sind natürlich tief enttäuscht, dass ihr Spielzeug nicht mehr da ist.

Später an diesem Abend höre ich aus zwei Zimmern Entfernung gedämpften Lärm in der Küche: lautes Poltern und Scharren in der Katzentoilette, als wollte der Verursacher des Radaus ein erlegtes Beutestück verbuddeln. Für eine Weile kehrt Ruhe ein, aber dann fängt das Ganze von vorne an. Ich gehe hinunter, um nachzusehen, was da los ist. Michael kniet auf allen vieren in der Küche und späht unter den Kühlschrank.

»Sieh doch, man kann seine Hinterbeine sehen.« Und tatsächlich: die Hinterbeine eines kleinen braunen Frosches ragen ein Stück hervor. Vor unseren Augen kriecht er unter der gesamten Breite des Kühlschranks hindurch und taucht auf der anderen Seite wieder auf. Diesmal sind alle drei Katzen zugegen, und Puschkin, der Neuling in diesem wundervollen Spiel, sorgt für zusätzliches Chaos, indem er über alles und jeden hinwegspringt, und zwar mit ausgefahrenen Krallen, damit er nicht von seinem jeweiligen unglücklichen Opfer hinunterfällt. Menschen und Katzen jaulen abwechselnd auf, derweil der Frosch selbstverständlich die ganze Zeit seine schrillen, alles andere übertönenden Froschschreie ausstößt.

Nach einer scheinbar endlosen Folge menschlicher Proteste, untermalt von vereinzelten, halb verschluckten Flüchen sowie von Miauen, Fauchen und Kreischen, haben wir die Katzen endlich eingefangen und weggesperrt. Wir heben den Frosch auf, der inzwischen ganz still und starr daliegt, die Beine weit ausgestreckt, als wäre er tot, ein Zustand, den Michael ihm denn auch kurz darauf attestiert. Und so tragen wir einen weiteren leblosen Frosch ans Ende des Gartens, wobei mir auffällt, dass an diesem Exemplar Katzenstreukörnchen haften, was mich zu dem traurigen Schluss veranlasst, dass es sich bei dem »Beutestück«, das vorhin verbuddelt wurde, um eine etwa acht Zentimeter große lebendige Amphibie gehandelt hat. Wir legen den Frosch auf den Boden und spülen ihn mit Wasser ab, was ihn rasch wiederzubeleben scheint, da er wie in Zeitlupe die Gliedmaßen anwinkelt und sich anschließend im Beet verkriecht.

»Bitte lass es nie Frösche regnen«, brummt der leidgeprüfte Michael, der wieder einmal der mutigere von uns war.

Abgesehen von einigen Abschnitten sintflutartiger Regenfälle, war der Sommer insgesamt sehr trocken, und auch jetzt setzt die Sonne sich wieder durch. Die Tage sind wunderbar warm und sonnig, die Nächte allerdings furchtbar stickig und schwül. Der Garten ist schon bald ziemlich verdorrt, und die letzten beiden Abende musste jeweils einer von uns die lästige Pflicht auf sich nehmen, mit dem Schlauch Rasen und Blumenrabatten zu wässern. Dieser »Regen« fördert unweigerlich eine ganze Armee von Fröschen jeder Form und Größe zutage, von denen einige bis ins Haus hüpfen, zur großen Freude der Katzen, während wir jedes Mal wieder, konsterniert über so viel Dummheit, regelmäßig als Froschretter einschreiten müssen. In dieser Nacht wälze ich mich in der Hitze rastlos im Bett hin und her. Ich kann einfach nicht länger als eine halbe Stunde am Stück schlafen, und jedes Mal, wenn ich aufwache, ist mir bewusst, dass Fannie, die sonst bei mir schläft, nicht da ist. Ich frage mich, ob ich sie mit meiner Ruhelosigkeit vertrieben habe. Gegen halb sechs Uhr in der Frühe stelle ich fest, dass sie sich unbemerkt zu mir gelegt hat, und irgendwie komme ich daraufhin endlich zur Ruhe.

Um sieben Uhr ist es fast angenehm kühl, und das Aufstehen fällt mir schwer, aber Michael ist längst weg, und das schlechte Gewissen treibt mich aus den Federn, obwohl ich inzwischen den Luxus genieße, nicht mehr fünf, sondern nur noch vier Tage die Woche zu arbeiten, sodass ich an einem Wochentag nicht nach London fahren muss. Von diesem Extratag möchte ich keine Minute verschwenden. Im Lauf des Tages wird mir zunehmend bewusst, dass ich nur Puschkin zu sehen bekomme, der mir überallhin nachläuft. Vermutlich fühlt er sich einsam. Schließlich entdecke ich Titus, die wie ein Häufchen Elend dahockt und bekümmert in eine Ecke des Gartens starrt. Fannie ihrerseits kann ich nirgends finden. Anfangs schenke ich dem noch keine große Beachtung, aber irgendwann macht ihre anhaltende Ab-

wesenheit mich dann doch nervös. Es gibt da eine Methode, die alle Familienmitglieder, ich selbst eingeschlossen, ziemlich peinlich finden, mit der es mir jedoch in der Regel gelingt, alle drei Katzen anzulocken, ein Ruf, den ich für gewöhnlich beim Füttern anwende:

»Miez, Miez, Miez«, mit zunehmender Intensität. Ich öffne eine Packung Trockenfutter und fülle raschelnd eine Schüssel, die ich anschließend mehrfach schüttele. Titus und Puschkin eilen sofort herbei. Puschkin windet sich laut schnurrend um meine Beine und versetzt mir gleich darauf ein paar nachdrückliche Kopfstöße. Titus sitzt derweil elegant wie eine Herzogin mit strahlend weißem Latz da und blickte hochnäsig auf die Schüssel in Erwartung der bevorstehenden Speisung. Immer noch kein Lebenszeichen von Fannie. Ich rufe erneut, und jetzt versuche ich gar nicht mehr, meine Sorge zu verbergen. Immer noch nichts. Ich laufe nach oben und schaue unter sämtlichen Betten nach, öffne alle Schränke und Schubladen und hebe sogar idiotischerweise den Toilettendeckel an. Dann stürze ich zurück nach unten und rufe wieder, das heißt, inzwischen ist es mehr ein Brüllen. Und ganz plötzlich ist Fannie da. Eine graue Rolle staubiger Spinnweben baumelt von ihren Ohren, und sie leckt sich erwartungsvoll die Lippen. Seltsam. Egal. Ich seufze erleichtert auf, schicke ein Dankesgebet gen Himmel und kehre zurück an meinen Schreibtisch im Obergeschoss.

Als ich später am Nachmittag wieder hinuntergehe, entdecke ich mitten auf der Fußmatte auf der Schwelle zum Garten eine winzige, schmale, haselnussbraune Feldmaus mit weißem Bauch und starren, toten Augen. Puschkin liegt mit gespitzten Ohren und schräg geneigtem Kopf oben auf dem Katzenbaum und schaut mit einem Blick, der zu einem arroganten Feudalherrn früherer Tage gepasst hätte, auf das beklagenswerte Opfer herab.

Und wer hat die Maus nun getötet? Genau werde ich es nie wissen, doch ich vermute, dass es Fannie war. Da der kleine Leichnam keine Bissspuren aufweist und ich auch nirgends Blut entdecken kann, nehme ich an, dass meine drei in Katzenmanier so lange mit dem unglücklichen Nager gespielt haben, bis der vor lauter Angst gestorben ist. Allerdings ziehe ich es vor, mir einzubilden, sie hätten, getrieben von ihrem angeborenen Jagdinstinkt, ihrem Opfer mit dem Todesbiss das Genick gebrochen und ihm so einen raschen Tod beschert. Ich begrabe die Feldmaus unterhalb von Septis Grab, da ihm nun sowieso nichts und niemand mehr etwas anhaben kann.

Wieder einmal steht unser alljährlicher Urlaub in Südfrankreich bevor, und wie immer fällt es mir schrecklich schwer, die Katzen zurückzulassen. John erklärt sich wie gewöhnlich bereit, in den zwei Wochen die Katzen zu versorgen. Wir können uns wirklich glücklich schätzen, ihn zu haben. Wieder einmal habe ich ein ungutes Gefühl, und diesmal gehe ich in meiner neurotischen Sorge so weit, dass ich meiner Schwester Margot eine ziemlich absurde Mail schicke mit Anweisungen, was mit den Katzen geschehen soll, für den Fall, dass wir auf den Straßen Frankreichs verunglücken sollten (ich rechtfertige dies damit, dass ich es als magisches Mantra betrachte, das dazu dienen soll, das böse Auge abzuwenden). Ich fahre liebend gern in den Urlaub, aber wie immer an diesem Punkt frage ich mich, ob er den Trennungsschmerz wert ist, der mich jedes Mal wieder befällt, wenn es heißt, von den Katzen Abschied zu nehmen.

In diesem Jahr tröstet uns jedoch, dass an unserem Urlaubsort Cabrières ein reizendes englisches Ehepaar namens Alan und Valerie nebenan eingezogen ist, mitsamt seinem weißen Westhighland Terrier und einer wunderhübschen schildpattfarbenen Hauskatze mit dem seidigsten Fell, das ich je gestreichelt habe. Ihr Name ist Blossom, und sie ist wirklich eine Schönheit mit ihrer dunklen Haube, dem Sattel und Schwanz in kräftigem Rotgelb sowie schwarzen und braunen Flecken, die durch das Schneeweiß von Gesicht, Brust, Beinen und Bauch erst richtig zur Geltung kommen. Es ist Juli und sehr heiß, und Blossom verbringt die Tage mit Dösen auf dem Bett aus üppigem Moos im Garten unseres Ferienhäuschens, das unmittelbar an jenes unserer neuen Nachbarn grenzt. Das Moos ist leicht feucht und, wie ich vermute, angenehm kühl.

Blossom, die erst vor fünf Wochen eingezogen ist, muss noch Französisch lernen und scheint sich zu freuen, unser Englisch zu hören, wobei ich mir nicht sicher bin, ob das auch für ihre Menschen gilt. Als Engländerin würde mir natürlich nicht im Traum einfallen, sie rundheraus zu fragen. Blossom ist die Freundlichkeit in Person und wendet regelmäßig eine unwiderstehliche Methode emotionaler Erpressung an, indem sie an einem hinaufklettert und einen sanft mit dem Kopf anstupst, um Streicheleinheiten oder Futter einzufordern. Wir sind beide ganz vernarrt in sie, das Problem ist nur, dass sie meine Sehnsucht nach unserem eigenen Katzen-Kleeblatt daheim noch verstärkt.

Unser Urlaub neigt sich dem Ende zu, und wir treten die Heimfahrt siebenhundertfünfzig Meilen quer durch Frank-

reich an. Um die Stoßdämpfer meines Wagens zu schonen, verlassen wir eins der größten Weinanbaugebiete Frankreichs mit nicht viel mehr als einer Kiste Wein an Bord, allerdings mit der festen Absicht, unsere Vorräte in einem Supermarkt bei Calais noch aufzustocken, damit der voll beladene Wagen nur noch einige Meilen mit schwerer Fracht zurücklegen muss. Pech nur, dass Samstag, der vierzehnte Juli ist, der Jahrestag der Erstürmung der Bastille und Nationalfeiertag. Zwar wussten wir das, allerdings haben wir nicht geahnt, wie heilig dieser Tag unseren französischen Nachbarn ist.

Jeder Supermarkt, ob groß oder klein, englisch oder französisch, ist *fermé*, sodass nirgendwo Wein zu beschaffen ist, außer vielleicht in einem Restaurant oder Café. Nachdem Michael und ich ebenso fassungslos wie vergeblich durch ganz Calais und die nähere Umgebung gekurvt sind, wechseln wir im Streit ein paar Worte, die zu profan sind, um sie hier wiederzugeben. Sagen wir einfach, es ist traurig, dass zwei Menschen am Ende eines so wundervollen Urlaubs so miteinander reden.

Als wir jedoch mit leerem Kofferraum den Tunnel durchquert und von der M20 auf die M25 heimwärts gewechselt haben, hebt sich unsere Laune wieder, und wir sind erfüllt von Vorfreude auf John und die Katzen. Ich kann es kaum noch erwarten. Die Freude darüber, dass sie alle wohlbehalten daheim auf uns warten, wenn auch beleidigt und eingeschnappt (natürlich nur die Katzen, nicht John), ist unbeschreiblich. Ganz steif von der langen Fahrt steigen wir aus dem Wagen und gehen zur Tür. Michael tritt als Erster ein, begrüßt John und die Katzen mit einem lauten Ruf und verschwindet aus meinem Blickfeld, als er um die Ecke biegt und das Wohnzimmer betritt, wo er, der Geräuschkulisse nach zu urteilen, John, Titus und Puschkin angetroffen hat.

Als ich hereinkomme, sehe und höre ich meine kleine schmale, aufgeregte Fannie, die die Bande im Wohnzimmer links liegen lässt und mir quer durch das Zimmer entgegeneilt, wobei sie mehrmals laut klagend miaut. Ich nehme sie auf den Arm und fühle ihren ganzen Körper vibrieren, als sie zwar stark, aber beinahe lautlos schnurrt wie ein Dieselmotor. Sie bebt förmlich vor Freude. Mir schießen Tränen des Glücks in die Augen. Ich bin regelrecht schockiert von der Erkenntnis, dass mein Herz förmlich überquillt vor Liebe zu diesem kleinen Katzenmädchen, für das ich mehr empfinde als für jede andere Katze, ihre Mutter Otto eingeschlossen. Sie krabbelt auf meine Schulter und zieht vorsichtig mit den Krallen an den Haaren in meinem Nacken. Dann leckt sie mich in ihrer ganz eigenen Art, Guten Tag zu sagen, und beginnt dann, mich sorgfältig zu putzen. Sie scheint mir meine lange Abwesenheit also nicht weiter zu verübeln.

»Fannie, Fannie, Fannie. Ich habe dich ja soooo lieb!«, flüstere ich leise, wunschlos glücklich, einmal abgesehen von dem Bedürfnis, auch die anderen zu begrüßen. Ich gehe hinüber zu Michael und John. Letzterer sieht rundum fit und gesund aus, wenn auch etwas müde, allerdings vermute ich hierfür andere Gründe als das Versorgen unserer drei Stubentiger. Wir necken einander ein wenig, und ganz nebenbei sehe ich, dass Puschkin nichts Babyhaftes mehr an sich hat, sondern endgültig zum Teenager herangewachsen ist: groß, schlank und anmutig. Seine Ohren wirken nicht länger so überdimensional wie bei einer Fledermaus, nachdem sein Kopf so viel größer geworden ist. Er zeigt sich ebenso erfreut, mich wiederzusehen, wie er sich über das Wiedersehen mit Michael gefreut hat, vermittelt uns allerdings beiden das seltsame Gefühl, als wüsste er nicht recht, wer wir sind, obgleich wir ihn an all seinen Lieblingsstellen kraulen: hinter den Ohren und unter dem Kinn. Ich vermisse auch sein wundervolles Schnurren. Aber das kommt schon noch.

Doch Titus und ich? Das ist ein völlig anderes Paar Schuhe. Michael nimmt sie hoch, kaum dass sie in Reichweite ist, und legt sie sich über die Schulter, wo sie sich am wohlsten fühlt. Sie schnuppert glücklich an seinem Ohr und zeigt sich ganz allgemein hocherfreut über seine Rückkehr, indem sie ihre abgehackten Miaulaute von sich gibt, die erst abrupt abbrechen, als sie von seinem Arm springt, weil er verstohlen versucht, gleichzeitig Puschkin zu streicheln. Als ich mich ihr nähere, starrt sie mich aus ihren orangefarbenen Augen an. Ihr Blick ist unergründlich, aber ihre Körpersprache sagt deutlich: Bleib weg. Ich ignoriere es und nehme sie hoch, doch wenngleich sie sich eine Weile streicheln lässt, windet sie sich gleich darauf und verlangt unmissverständlich, heruntergelassen zu werden. Erst eine gute Stunde später gestattet sie mir, größere Nähe herzustellen. Endlich gelingt es mir, ihr ein Schnurren zu entlocken, und mir selbst entfährt ein tiefer, glücklicher Seufzer. Jetzt erst bin ich wirklich restlos zufrieden.

Der nächste Tag bricht an, und wie immer am Tag nach der Rückkehr aus dem Urlaub habe ich alle Hände voll zu tun, unter anderem mit Wäschesortieren. Wir haben schon einen

Großteil unseres Gepäcks ausgepackt, aber wie stets hatten wir viel zu viel mit. Natürlich bin ich dafür verantwortlich und muss noch einen Berg von Kleidung durchsehen. Fast den ganzen Tag laufe ich von einem Zimmer zum anderen, und die drei Katzen folgen mir dabei wie Schatten, verschwinden nur hin und wieder kurz, um nach Michael zu sehen. John ist gestern zu einer längeren Spritztour aufgebrochen, und wir erwarten ihn frühestens am späten Nachmittag zurück, sodass die Katzen sich ganz auf uns beide konzentrieren können. Irgendwann in der Mitte des Nachmittages bin ich gerade damit beschäftigt, im Schlafzimmer einen weiteren Kleiderberg zu sortieren, als Fannie, die die letzte halbe Stunde verschwunden war, ins Zimmer kommt und anfängt, höchst sonderbare Laute von sich zu geben. Sie heult. Ich drehe mich zu ihr um. Ihre Augen sind aufgerissen und dunkel vor Furcht. Sie hat das Maul weit geöffnet, sodass ich die rote Zunge, ihre Kehle und die Zähne sehen kann, als sie erneut ein lang gezogenes ohrenbetäubendes Heulen ausstößt. Perplex nehme ich sie auf den Arm und versuche, sie zu beruhigen, aber sie heult weiter, und langsam dämmert mir, was los ist. Ich habe den großen schwarzen Koffer, der als einziger noch nicht vollständig ausgepackt ist, auf das Bett gehoben, um ihn so leichter ausräumen zu können. Bei den Reisevorbereitungen vor zwei Wochen habe ich ihn beim Packen ebenfalls dorthin gelegt. Die zweiwöchige Trennung hat offenbar bei Fannie ein Trauma verursacht. Als sie nun das Zimmer betreten und den Koffer gesehen hat, hat sie womöglich befürchtet, ich würde wieder verreisen. Es dauert lange, bis sie sich beruhigt. Erst nachdem ich den Koffer hastig ausgeräumt und weggestellt habe, entspannt sie sich wirklich. Titus hat die ganze Zeit auf dem Bett gelegen und mit dem Schwanz geschlagen, jedoch ohne einen Ton von sich zu geben. Puschkin ist unten und hat die ganze Aufregung vermutlich schlicht verschlafen.

Wie schon in der vorherigen Nacht schlafen auch heute alle drei Stubentiger wieder in unserem Zimmer, aber sie sind es nicht gewohnt, und so wechseln sie entgegen ihren sonstigen Gewohnheiten immer wieder die Stellung und den Schlafplatz. Katzen legen größten Wert auf einen geregelten Tagesablauf, und wir haben ihre Routine auf das Empfindlichste gestört.

Am Montag, dem dritten Tag nach unserer Heimkehr, ist Puschkin ganz besonders anhänglich und schnurrt die ganze Zeit vor sich hin. Als er auf dem Fensterbrett im Schlafzimmer hockt und ich gerade mit ihm spiele, schaue ich kurz hinunter in den Garten und sehe, dass Titus mich unaufhörlich fixiert, so intensiv, dass mich der starre Blick, der weder freundlich noch unfreundlich ist, aber irgendwie nicht von dieser Welt, ganz nervös macht. Der Durchbruch erfolgt eine halbe Stunde später, als Titus zu mir nach oben kommt und ihr seltsam ersticktes Begrüßungsmiauen anstimmt, mit dem sie mitzuteilen pflegt, dass sie hier und jetzt liebesbedürftig ist. Sie hat drei Tage gebraucht, um die alte Nähe wiederherzustellen. Drei Tage schmollen? Jetzt weicht sie mir jedenfalls nicht mehr von der Seite, hockt auf meinem Mousepad und macht mir das Leben – oder genauer das Arbeiten – schwer.

Wenn sie nicht gerade dort sitzt, wo ich mit der Maus hinmöchte, läuft sie in beiden Richtungen über die Tastatur. Ich schwöre, dass ihr sehr wohl bewusst ist, dass sie mich wahnsinnig macht, ich fühle mich aber viel zu geschmeichelt, um diesem Spielchen ein Ende zu bereiten, obwohl ich zu arbeiten habe und mehrmals ihre »Eingaben« löschen muss. (Diese Art unvernünftiger Nachsicht ist weit verbreitet bei Katzenliebhabern auf der ganzen Welt. Wenn eine Katze sich auf dem Schoß seines Menschen niedergelassen hat oder diesem eine liebevolle Geste zuteilwerden lässt, fällt es äußerst schwer, sie zu verscheuchen und aufzustehen, sodass man sich manchmal über lange Zeit verkneift, etwas zu trinken zu holen oder auf die Toilette zu gehen. Ich habe im Moon Cottage sogar erlebt, dass erwachsene Menschen aus denselben Gründen nicht mehr in der Lage waren, das Fernsehprogramm umzuschalten. Ich denke, kein anderes Tier veranlasst einen zu so irrationalem Verhalten.)

O ihr drei Katzen, es ist ja so wunderbar, wieder bei euch zu sein! Ich bin euch so unbeschreiblich dankbar für die Tiefe eurer Zuneigung und die Kameradschaft, die uns alle miteinander verbindet.

KAPITEL 9

Als der Juli sich dem Ende neigt, haben wir uns durch eine anhaltende Hitzewelle geschwitzt, und heute, an einem weiteren furchtbar heißen Hochsommertag, trage ich im Gegensatz zu meinem üblichen Jeans-T-Shirt-Outfit ein langes fließendes Kleid. Wir haben mit Caroline, die uns zu unserer enormen Belustigung mit ihrem neu erworbenen, unerwartet großen Labrador namens Ben bekannt gemacht hat, in der Nähe von St. Albans Tee getrunken. Wie die meisten freundlichen großen Hunde ist er mir halb auf den Schoß gestiegen und hat sich anschließend auf meinem weiten Rock niedergelassen.

Wieder daheim, ziehe ich mich zum zweiten Mal an diesem Tag um, verzweifelt bemüht, mir in der drückenden Hitze etwas Kühlung zu verschaffen. Mein Kleid werfe ich achtlos auf das Bett, um es später wegzuhängen, und registriere vage, dass meine beiden Katzendamen das Schlafzimmer betreten. Als ich zu ihnen hinüberschaue, sehe ich, dass beide ihre »Anstandsdamen«-Miene mit dem zum O geformten Maul zur Schau stellen, ein Gesichtsausdruck, der mich immer wieder zum Lachen bringt. Titus, die mich in typischer, aufreizender Katzenmanier ignoriert, nähert sich dem Bett, von dem das

Kleid seitlich herabhängt, stellt sich auf die Hinterbeine und schnuppert angewidert daran. Dann wendet sie sich ab und geht auf Fannie zu. Die beiden tauschen sich aus, indem sie die Nasen aneinanderhalten. Ich hege nicht den leisesten Zweifel daran, dass sie eine eigene Sprache sprechen, deren Übermittlung anscheinend über Gerüche, Körperhaltung und Signale funktioniert: ein Zucken der Ohren oder Schnurrhaare, direkter Blickkontakt. Seltsam finde ich, dass so mitteilsame Tiere wie Katzen ihre »stimmlichen« Laute offenbar fast ausschließlich für die Kommunikation mit Menschen einsetzen, es sei denn, sie sind verletzt, verängstigt, gefangen oder bei der »Balz«. Nach diesem Austausch steuert Fannie ebenfalls das Kleid an und schnuppert an dem Stoff. Ich muss mir ein Kichern verkneifen und versuche, eine der beiden hochzunehmen und zu streicheln, aber sie wandern in verschiedene Richtungen davon, den hocherhobenen Schwanz zum Fragezeichen geformt. Ich schiebe ihr Mürrisch-Sein auf die Hitze (inzwischen sind es einunddreißig Grad) oder ihre Missbilligung meiner Unordentlichkeit (meine Mutter hätte ein ganz ähnliches Gesicht gemacht), aber wahrscheinlicher ist, dass sie Verrat gewittert haben. Himmel!

Puschkin verändert sich inzwischen auf sehr subtile Weise und befindet sich auf mentaler Ebene auf halbem Wege zwischen Katzenkind und erwachsenem Kater, während er körperlich etwa Dreiviertel seiner Endgröße erreicht hat. Er spielt, um dann abrupt innezuhalten und still dazusitzen, einen nachdenklichen und seltsam reifen Ausdruck auf dem Gesicht. Offenbar befindet er sich zudem in einer Testphase und hält beiden Katzenmädchen sein Hinterteil hin, wobei vor allem Titus seiner stummen Aufforderung in der Regel nachkommt und ihn beschnuppert. Ist sie besonders gnädig gestimmt, leckt sie seine Genitalien sogar flüchtig. Fannie tut das auch, allerdings beiläufig, fast verstohlen, wenn er an ihr vorbeigeht, sodass er

immer wieder verdutzt über die Schulter zu ihr zurückblickt. Die Mädchen spielen beide mit ihm, und wenngleich sie es nicht gern zeigen, besteht sogar eine ernsthafte Rivalität zwischen ihnen. Fannie ist noch dünner geworden, und ich mache mir Sorgen, dass der Gewichtsverlust auf den Stress zurückzuführen ist, den Puschkins Einführung in die Familie verursacht hat. Natürlich könnte es auch nur an der anhaltenden Hitze liegen. Streng halte ich mir vor Augen, dass Katzen bei großer Hitze immer an Gewicht verlieren.

Puschkin wird offenbar täglich länger, während seine körperliche Entwicklung in anderer Hinsicht stagniert. Er hat sich von einem Katzenkind in eine Jungkatze von natürlicher Anmut und Schönheit verwandelt. Letztens habe ich Katzenminze oben auf die Liegeplattform des Katzenbaums gelegt, woraufhin er mit einem Satz hinaufsprang, am ganzen Körper ekstatisch bebend, während er mich mit schräg geneigtem Kopf bettelnd anblickte. Seine Bewegungen waren außergewöhnlich elegant und fließend. Katzen können sich an Land und über der Erde so geschmeidig bewegen wie Delfine im Wasser, als würden sie mit den Elementen verschmelzen. Wie unreif er noch ist, äußert sich jedoch darin, dass er häufig die Größe von Gegenständen, auf die er hinaufspringt, überschätzt, sodass er entweder herunterfällt oder den betreffenden Gegenstand umwirft. Abends ist er besonders lebhaft, und wir Menschen tauschen oft gequälte Blicke, wenn es bei Puschkins abendlichem Toben mal wieder besonders laut kracht und poltert. Bevor wir ins Bett gehen, vollziehen wir allabendlich das Ritual, alles, was Puschkin umgeworfen hat, an seinen Platz zurückzustellen. Er beobachtet die Stellen, die die gazellenhafte Fannie beim Klettern benutzt, und versucht, ihren Weg exakt nachzuvollziehen, was jedoch nie ohne den einen oder anderen Stolperer gelingt. Wenn er nicht gerade genüsslich auf dem Boden herumrollt oder schläft, Tätigkeiten, die einen Großteil seiner täglichen Routine beanspruchen, bewegt er sich meist schnell und irgendwie ruckartig. Manchmal frage ich mich, ob er unter einer motorischen Störung leidet, doch vielleicht erwarte ich einfach zu früh zu viel. Möglicherweise handelt es sich ja auch um hormonell bedingte pubertäre Anlaufschwierigkeiten.

Allerdings hat er nach wie vor auch eine ausgesprochen unangenehme Angewohnheit: Immer, wenn er die beiden Katzenmädchen fressen hört, kommt er angelaufen und schubst sie mit derben Kopfstößen beiseite. Ich bin sicher, dass dieses Verhalten mitverantwortlich ist für Fannies Gewichtsverlust, da sie sich nicht wehrt, sondern nur resigniert abwendet und geht.

Am Wochenende beschließe ich nachzusehen, ob er den Zahnwechsel bereits hinter sich hat. Zu meiner Verblüffung sehe ich, dass er im Oberkiefer eine doppelte Anzahl Eckzähne besitzt, wodurch er aussieht wie eine Mischung aus dem Weißen Hai und dem Bösewicht mit dem spitzen Stahlgebiss aus einem *James-Bond*-Film. Montag ziehe ich widerwillig einen Besuch beim Tierarzt in Betracht, da höre ich plötzlich, während er frisst, ein leises Klirren. Als ich nachsehe, stelle ich fest, dass die Eck-Milchzähne ausgefallen sind und das Problem sich von allein erledigt hat.

Die drei jagen einander mit jedem Tag wilder durch das Haus, und ich bin mir nicht sicher, ob ich das positiv oder negativ bewerten soll. Die quälende Ungewissheit, ob mein Masterplan ein Geniestreich war oder ein böser Fehler, setzt mir immer mehr zu.

Michael kommt in den Garten, wo die drei gerade herumlungern. Puschkin spielt für sich allein hochkonzentriert mit dem Kies »Steinewerfen«. Titus hockt mit dem Rücken zu uns in einer Ecke und starrt in Frosch-Lauerstellung in den Gartenurwald hinaus, und Fannie ruht in ihrer Lieblings-Löwenlage auf einem Kissen auf einem der Gartenstühle. Sie sieht zerbrechlich, wunderhübsch und irgendwie entrückt aus.

»Was ist, Puschkin, wann erfüllst du endlich deine Katerpflichten?«, neckt er unseren Kleinen.

»Sag so was nicht! Vielleicht ist es ja ein Zeichen. Will sagen, ein Zeichen, dass es nicht sein soll. Ich meine, der Umstand, dass er entweder noch nicht geschlechtsreif ist oder aber die beiden ihn kaltlassen. Ich mache mir vor allem wegen Fannie Sorgen. Vielleicht sollte ich ihn ja doch jetzt schon kastrieren lassen.«

»Nein, auf gar keinen Fall. Nicht nach dem ganzen Aufwand. Lass ihn ja in Ruhe«, entgegnet Michael und geht mit demonstrativer Gelassenheit zurück ins Haus.

Als wollten die Katzen mich in meinen Ängsten bestätigen, gehen sie an diesem Abend besonders aggressiv und merkwürdig miteinander um. Ich denke, Fannie könnte rollig sein. Jedenfalls widmet Titus ihr die gleiche verstärkte Aufmerksamkeit wie bisher immer in dieser Situation, während Fannie sich andauernd auf den Rücken legt, um sich den Bauch kraulen zu lassen. Die drei Katzen liefern sich eine wilde Verfolgungsjagd, oder, genauer, Puschkin jagt erst Fannie und dann Titus, während diejenige, die gerade nicht mitspielt, in der Nähe bleibt und provozierend auf sich aufmerksam macht. Wenn er jedoch Fannies Aufforderung nachkommt und sie anspringt, rollen sie in einem wüsten Knäuel aus strampelnden Beinen, ausgefahrenen Krallen und gebleckten Zähnen, die allesamt rückhaltlos eingesetzt werden, über den Boden. Manchmal, sogar sehr oft, fängt es mit einem sanften spielerischen Pfotenhieb an, steigert sich aber unweigerlich zu einer wilden Prügelei, die damit endet, dass Fannie quäkend das Weite sucht. Der Kampf wird von viel Gefauche begleitet, und soweit ich das beurteilen kann, ist es Fannies Stimme. Das Gleiche geschieht bei Titus, allerdings hat sie meist Oberwasser, und Puschkin ist der Unterlegene. Diese Kämpfe sind kürzer und leiser, und Puschkin ist derjenige, der am Ende flüchtet – oder einfach betont langsam von dannen schreitet, als wäre nichts geschehen. Katzen sind vollendete Meister in der Kunst des »Wie ich gerade sagte, als ich auf so unhöfliche Art und Weise unterbrochen wurde ...«

Ich mache mir schreckliche Sorgen, dass sie mit der Situation unglücklich sein könnten. Titus sitzt viel herum und wirkt dabei immer leicht angespannt. Fannie ihrerseits ist über die Maßen liebebedürftig und dazu schrecklich dürr. Wenn sie morgens zu unserem täglichen Knuddelritual zu mir kommt, sabbert sie neuerdings. Anfangs hat mir das Sorgen bereitet, aber inzwischen bin ich zu dem Schluss gekommen, dass es sich um ein Zeichen des Wohlbefindens handelt, da sie nur dann speichelt, wenn sie besonders intensiv schnurrt. Wenn ich im Schlafzimmer bin und schreibe oder lese, verbringen Fannie und Titus fast den ganzen Tag auf dem Bett. Manchmal klettert Fannie auch ganz oben auf das höchste Bücherregal und lässt sich dort auf einem Stapel Schals nieder, die dort liegen. Puschkin seinerseits verbringt die meiste Zeit auf Johns Bett.

Der kleine Kerl hat gerade das Zimmer betreten und hat es sich bei den beiden anderen auf dem Bett gemütlich gemacht.

Die Mädchen, die seit etwa zwei Stunden hier sind, liegen Rücken an Rücken, wobei sich die beiden Halbmonde nur am jeweils höchsten Punkt berühren. Ich gehe zum Bett in der Absicht, sie alle drei zu streicheln, was sich aber schwierig gestaltet mit nur zwei Händen, sodass ich Puschkin zärtlich ins Ohr flüstere, während ich die beiden anderen kraule. Er schnurrt trotzdem vernehmlich, was die zwei Katzenmädchen sichtlich irritiert. Sie öffnen jeweils ein Auge einen Spaltbreit und mustern ihn durch den schmalen Schlitz. Ich bin immer wieder fasziniert davon, wie Katzen ihre Umgebung stets im Auge behalten, sogar dann, wenn sie zu schlafen scheinen. Fannie tropft Speichel aus dem Maul. Titus biegt den Kopf träge zurück in Richtung Puschkin, wohl in der Hoffnung, er werde sie putzen. Er tut es nicht, sodass sie sich noch weiter zurücklehnt und ihn in der ihr eigenen flüchtigen Art ableckt. Dann stehen die beiden Damen auf und tauschen die Plätze. Ich überlasse die drei Samtpfoten sich selbst und hole mir ein Buch. Als ich einen beiläufigen Blick auf das Bett werfe, sehe ich, dass die Mädchen sich mit beinahe zorniger Intensität putzen, woraufhin Puschkins lautes Schnurren aufgrund mangelnder Stimulation langsam verstummt. Hiernach ist es eine Weile still, dann ein leiser Aufprall, ein zweiter und gleich darauf ein dritter, als alle drei vom Bett springen und mit hocherhobenem Schwanz das Zimmer verlassen.

Ein anderes Mal sitze ich etwa um die gleiche Zeit oben an meinem Schreibtisch, erledige einigen Bürokram und schalte den Drucker ein, um eine Tabelle auszudrucken. Als das Gerät ratternd zum Leben erwacht, springt Fannie, die am Schreibtischrand gelegen hat, mit einem Schrei erschrocken auf.

»O Fannie, was ist nur los mit dir?« Ich bin zutiefst beunruhigt von der Heftigkeit ihrer Reaktion und denke lange sehr ernsthaft darüber nach. Ich komme zu dem Schluss, dass Puschkins Ankunft die innere Anspannung bei dieser kleinen, nervösen, viel zu dünnen Katze ausgelöst hat. Sie war schon immer viel schreckhafter als Titus, ähnlich wie ihre Mutter, aber doch nicht so extrem wie jetzt, da die kleine Fannie sich scheinbar vor ihrem eigenen Schatten fürchtet. Ihre Mutter war unabhängiger, und das hat ihr ein Selbstbewusstsein verliehen, an dem es Fannie mangelt. Ich habe aus purem Egoismus ein Experiment gewagt, das darauf hinausläuft, dass unser junger Kater zumindest eines meiner Katzenmädchen in Angst und Schrecken versetzt. Das ist Fannie gegenüber ganz sicher nicht fair. Michael ist nicht da, und ich kann es kaum erwarten, mit ihm darüber zu sprechen. Gleichzeitig reift in mir der Entschluss, Puschkin und die Mädchen möglichst bald kastrieren zu lassen, in der Hoffnung, die Situation hierdurch entspannen zu können.

Meine oben aufgeführten Bedenken sind ein paar Tage alt. Inzwischen ist es fünfzehn Uhr am Bankenfeiertag im August (in diesem Jahr ein Samstag), und die drei Katzen sind unbemerkt hereingekommen und liegen völlig still hinter mir auf dem Bett. Fannie hat sich in einem Halbkreis auf meinem dort abgelegten Badehandtuch zusammengerollt, und die längere und breitere Titus hat sich schützend um sie gewickelt, sodass sie an zwei Löffelchen erinnern. Beide schlafen tief und fest. Puschkin hat sich etwa zwanzig Zentimeter entfernt in gleicher Pose niedergelassen, den Mädchen den Rücken zugekehrt. Auch er scheint friedlich zu schlummern. Durch das offene Fenster weht eine sanfte Brise ins Zimmer, doch die Luft um uns herum fühlt sich an wie warmes Badewasser. Ich werfe einen Blick auf das Thermometer. Es zeigt achtundzwanzig Grad an. Das ist warm, aber nicht unerträglich; es macht nur träge.

Ich lehne mich in meinem Stuhl zurück und lausche dem leisen Rauschen des Verkehrs in Richtung Tesco's und des großen Wochenmarktes. Dann nehme ich darüber hinaus das lautere, stete Brummen des Luftverkehrs von und nach Heathrow wahr. Ein prickelndes Glücksgefühl durchströmt mich angesichts der friedlichen Idylle hier in der Geborgenheit meines kühlen, dunklen Schlafzimmers mit seinen kleinen Fenstern und seinem über dreißig Zentimeter dicken alten Gemäuer. Hinzu kommt die Gegenwart meiner drei friedlich schlummernden, heiß geliebten Katzen, das Ganze in dem Bewusstsein, dass ich an diesem faulen heißen Samstag nichts weiter vorhabe, derweil die Welt da draußen offenbar furchtbar beschäftigt ist.

Die emotionale Mischung all dessen, was sich zwischen Mensch und Tier abspielt, kann eine sich ständig verändernde Leinwand sein, und die verschiedensten Faktoren können sich auf Aktionen und Reaktionen aller Beteiligten eines Haushaltes auswirken. Wir alle sind Stimmungsschwankungen unterworfen.

Heute möchte ich Titus knuddeln. Obgleich ihr offensichtlich nicht der Sinn nach Zärtlichkeiten steht, lasse ich mich hiervon nicht abhalten. Ich weiß, dass ich sie provoziere, aber ich möchte wohl wissen, wie sie reagiert, wenn ich ihren Unwillen ignoriere. Der Lohn für meine Mühe folgt auf dem Fuße: Sie beißt mich in die Hand, nicht ernsthaft, doch warnend. Natürlich ist mein Ego viel schlimmer verletzt als meine Hand. Sie scheint wirklich ein Problem zu haben mit mir und meiner Beziehung zu Fannie. Oder bilde ich mir das nur ein? Oft genug bettelt sie auch um Zärtlichkeiten und schnurrt leise, wenn ich sie streichle, oder sie dreht sich auf den Rücken, damit ich ihr den Bauch kraulen kann. Trotzdem begrüßt sie mich nie mit den lautstarken Rufen, die sie Michael und John förmlich entgegenschmettert, wenn sie nach Hause kommen. Sie scheint allgemein Männer vorzuziehen und wird von vielen unserer männlichen Freunde und Bekannten zärtlich als »das Luder« bezeichnet. Sie hat die niedliche Angewohnheit, einem auf die Aufforderung »gib Küsschen« hin mit schräg gelegtem Kopf die Nase entgegenzurecken: ihre Version einer Kusshand. Manchmal frage ich mich, ob sie weiß, dass ich meine Gefühle für Fannie einfach nicht kontrollieren kann. Meine Freundin Elspeth hat erzählt, dass ihr ebenfalls wohl bewusst ist, dass ihre Liebe zu ihrem Kater Arthur größer ist als jene zu seiner Mutter Freya und dass besagte Freya dies ganz sicher spürt. Katzen haben ein untrügliches Gespür für das, was im menschlichen Herzen vorgeht.

Fannie ihrerseits geht gleichermaßen frei auf Männer und Frauen zu, allerdings nur, wenn sie in der Stimmung ist, und wehe dem, der sie auf den Arm nimmt, wenn ihr nicht der Sinn danach steht: Sie setzt bei der Flucht ihre Krallen ein, die schmerzhafte tiefe Kratzer hinterlassen. Fannie ist von unseren drei Katzen die wählerischste in Bezug darauf, wem sie wann ihre Gunst schenkt, aber im Grunde ist dies ja eine katzentypische Eigenart.

Puschkin ist das alles völlig schnuppe. Zumindest jetzt noch. Er hat allerdings die sympathische Angewohnheit, uns beim Essen Gesellschaft zu leisten. Dann kommt er herbei, inspiziert den gedeckten Tisch und hockt sich anmutig auf einen der freien Stühle. Er liebt »richtiges« Fleisch, das er dank seiner Angewohnheit überhaupt erst kennengelernt hat, doch er setzt sich auch aus reiner Geselligkeit zu uns. Am frühen Abend, wenn er seine strapaziöse Tages-

Lethargie abschüttelt, sucht er gezielt die Gesellschaft des Menschen.

Der Sommer nähert sich dem Ende, und ich verspüre jenen Anflug von Trauer, der sich jedes Mal um diese Zeit einstellt. Es war die letzten Tage anhaltend warm und schwül, obgleich es frühmorgens und spätabends bereits empfindlich kühl wird und intensiv nach Herbst riecht. London und die Home Counties haben die letzten schönen Tage des Altweibersommers genießen können, während der Rest des Landes von anhaltenden heftigen Regenfällen heimgesucht wurde. Aber heute regnet es auch bei uns, und das auf jene monsunartige Art und Weise, die so häufig auf längere Hitzeperioden folgt.

Als es zwischendurch kurz aufhört, schnappe ich mir einen großen Korb feuchter Wäsche, um schnell zum Trockner drüben im Schuppen zu sprinten. Als ich das Gartentor öffne und den Wäschekorb hindurchbugsiere, flitzt Titus, die eben noch völlig entspannt auf dem Katzenbaum in der Ecke hockte, wie der Blitz an mir vorbei durch den Spalt hinaus in den Garten. Sie springt die Stufen hinauf und überquert den Rasen etwa zu drei Vierteln. Ich schließe so schnell wie möglich das Tor hinter mir, das unmittelbar vor Puschkins Nase zuschlägt, der offenbar ernsthaft erwogen hatte, sich uns anzuschließen. Rasch überzeuge ich mich davon, dass Fannie noch an ihrem Platz auf dem Tisch liegt, laufe dann hinter Titus her die Treppe hinauf und rufe sie mit honigsüßer Stimme.

Titus in ihrer neu gewonnenen Freiheit in der großen weiten Welt jenseits des Zauns bricht mir das Herz. Ganz allein da draußen im Garten verlässt sie der Mut, und sie kauert sich ängstlich in das sehr lange, nasse Gras, unsicher, was sie als Nächstes tun soll. Ihre Pupillen sind vor Furcht geweitet, und sie hat die Ohren halb angelegt, sodass sie plötzlich große Ähnlichkeit mit Yoda hat, dem alten und weisen Jedi-Meister aus *Krieg der Sterne*. Sie drückt sich ganz tief ins Gras und blickt verloren zu mir auf. Ich gehe langsam zu ihr hin und nehme sie auf den Arm. Sie kuschelt sich an meinen Hals und schnurrt leise, während ich sie zum Haus zurücktrage. Als ich mich etwa eine halbe Stunde später an meinen Schreibtisch setze, wird mir bewusst, dass ich sie schon eine Weile nicht mehr gesehen habe. Ich mache mich auf die Suche und entdecke sie zusammengekauert unter Johns Bett. Sie wirkt etwas bedrückt. Vielleicht wegen des missglückten Fluchtversuchs? Wegen der verpatzten Gelegenheit? Arme kleine Titus!

Manchmal denke ich, dass ich ihr nicht gerecht werde, dass ich mich nicht genug um sie kümmere. Seit ihrem Fluchtversuch vor einigen Tagen und wegen einer beidseitigen Ohrenentzündung, die ich mir kurz darauf eingefangen habe, hocke ich fast taub eine knappe Woche gezwungenermaßen allein zu Hause, derweil Michael seine Mutter in Irland besucht und John sich kaum blicken lässt. In dieser kurzen Zeit ist Titus sehr anhänglich geworden und hat mich sogar mit den gleichen Lauten begrüßt, die bislang John vorbehalten waren. So gelingt es mir in dieser tristen Zeit wenigstens, bei Titus zu punkten. Auch wenn ich offensichtlich nur Lückenbüßer bin, fühle ich mich zutiefst geehrt. Es wurde schon oft beobachtet, dass einige Tiere und vor allem Katzen ein Gespür haben für emotionale und körperliche Leiden ihres Menschen, also ist da vielleicht Dr. Titus am Werk.

Heute Abend sind die Mädchen vollauf damit beschäftigt, nach Puschkin zu suchen, mit dem sie offenbar beide spielen möchten. Wieder einmal hallt das ganze Haus wider vom Gepolter einer tobenden Katzenhorde. Da Titus und Fannie sich abwechselnd von ihm jagen lassen, kommt er irgendwann schwer atmend und sichtlich erschöpft herunter ins Wohnzimmer, um zu trinken und zu fressen, während die Mädchen mit sichtlicher Ungeduld versuchen, ihn zu einer weiteren Verfolgungsjagd zu animieren. Puschkin lässt sich jedoch an der Wasserschüssel nicht stören. Unser Junge hat eben seinen eigenen Kopf.

Ich habe mich inzwischen ins Schlafzimmer zurückgezogen, um schlafen zu gehen, und nachdem Puschkin auf das Bett gesprungen ist und die beiden Katzenmädchen vergrault hat, klettert er wie jeden Abend auf mir herum, stößt mich mit dem Kopf an, reibt das Gesicht an meinem und schnurrt dabei laut, wobei sein Atem sehr intensiv nach Katzenfutter riecht. Nachdem er solcherart deutlich gemacht hat, wer der Boss ist, sucht er sich irgendwo unten einen Schlafplatz. Titus und Fannie sitzen derweil vor dem Bett, beobachten mich und warten nur darauf, dass ich das Licht ausknipse. Fannie schläft nicht mehr in Bettnähe, sondern lieber oben auf dem Bücherregal, eine Angewohnheit, die sie erst nach Puschkins Einzug angenommen hat. Es macht mich traurig, und wieder einmal sorge ich mich wegen ihrer Nervosität. Auf eine perverse Art hilft mir jedoch die Aussage des Tierarztes, Schildpatt-Katzen seien die sensibelsten, das Ganze gelassener zu sehen. Außerdem habe ich das Gefühl, dass sie trotz ihrer Schreckhaftigkeit im Grunde eine glückliche Katze ist, zumal sie, glaube ich (hoffe ich), etwas zugenommen hat.

Ein paar Tage später springt Fannie, die den ganzen Morgen still auf dem Sessel neben mir gelegen hat, unvermittelt auf und gesellt sich zu Titus aufs Bett, um ihrer Schwester sehr nachhaltig Gesicht und Ohren zu putzen. Titus schlingt ermutigend die Vorderpfoten um sie, biegt den Kopf zurück und lässt es geschehen. Die Idylle ist jedoch nicht von langer Dauer. Puschkin, der am anderen Ende des Bettes gelegen und offenbar geschlafen hat, wacht vom Schnurren der Mädchen auf und versucht, mit einzusteigen. Unwillig steht Titus auf und springt vom Bett. Verstimmt stampft sie aus dem Zimmer. Fannie macht große Augen, formt ihr Maul zu einem missbilligenden O und wendet sich ab. Puschkin bleibt verunsichert zurück, setzt sich schließlich in höchst uneleganter Haltung mit weit abgespreizten Hinterbeinen hin, was ihm das Aussehen eines debilen Froschs verleiht, und fängt an, sehr sorgfältig seine Hoden abzulecken. Fannie stößt einen so tiefen Seufzer aus, dass es mich fast vom Stuhl fegt, und rollt sich dann zusammen, die Augen fest geschlossen, nach außen hin ganz das Abbild einer tief schlafenden Katze. Puschkin beendet schließlich seine Putzorgie, dreht sich ein-, zweimal um die eigene Achse und rollt sich ebenfalls zum Schlafen zusammen. Titus kehrt leise zurück, springt auf die sonnige Fensterbank vor mir und schaut aus dem offenen Fenster. Auf den ersten Blick wirkt sie ganz zufrieden, aber das Zucken des Schwanzendes verrät ihre innere Unruhe.

Ich vermag beim besten Willen nicht zu sagen, ob die Beziehung zwischen den dreien feindselig oder harmonisch ist. Vielleicht ja auch ein Mittelding.

KAPITEL *10*

Herbst

Michael, Geoffrey und ich fahren nach Nordfrankreich, um unsere fast aufgebrauchten Weinvorräte aufzustocken, und wir beschließen, den Trip nicht wie sonst an einem Tag zu bewältigen, sondern in einem kleinen Ort im Pas-de-Calais zu übernachten. Am darauffolgenden Tag fahren wir in aller Ruhe nach Calais zur dortigen Auchan-Niederlassung, die eine wirklich außergewöhnlich breit gefächerte Auswahl an Weinen anbietet, und sind am frühen Abend wieder daheim.

Fannie empfängt uns mit frenetischem Miauen und rollt sich sogleich auf den Rücken, um sich streicheln zu lassen. Sie ist hochrollig und ruft sehr laut. Wir haben bisher jedes Mal, wenn sie in diesem Zustand war, herzlich gelacht, weil sie stets nach oben ging, um vom Fenster des sicheren Schlafzimmers aus zu rufen, um dann wieder herunterzukommen und nachzusehen, ob es irgendeine Wirkung gezeigt hat. Offenbar befürchtet sie nämlich, ihre Rufe könnten tatsächlich einen echten Kater anlocken. Es könnte natürlich auch sein, dass ich ihr Verhalten falsch deute und ihre sehnsuchtsvollen Rufe vom offen stehenden oberen Fenster aus tatsächlich in einem weiteren Umkreis zu hören sind. Puschkin scheint sich nicht besonders für Fannie oder, genauer, für ihren Zustand zu interessiere, während er sichtlich nach menschlicher Aufmerksamkeit strebt und uns wiederholt mit dem Kopf anstößt, bevor er über den Tisch läuft und neugierig an den Lebensmitteln schnuppert, bis Geoffrey laut schimpft:

»Boris, geh da runter, verdammt noch mal! Pfoten weg von den Lebensmitteln!«

Er gehorcht sofort, wenn auch sichtlich verblüfft, da er es nicht gewohnt ist, angebrüllt zu werden.

»Warum nennst du ihn Boris?«, frage ich zur Ablenkung.

»Weil Puschkin das Stück geschrieben hat, aus dem die Oper *Boris Godunov* entstanden ist, natürlich!«, entgegnet er strahlend.

»Ach ja! Natürlich!«

Später am selben Abend beginnt Titus ebenfalls zu rufen und gibt gurrende Klagelaute von sich, wobei sie zu mir aufschaut, um gleich darauf mehrmals in Folge ihren Kopf ganz tief über den Boden zu halten und sich schließlich wohlig auf dem Boden zu räkeln. Puschkin zeigt immer noch keine Reaktion.

Als ich am nächsten Morgen wie immer die Küchentür zum Garten öffne, ruft Fannie entgegen ihrer sonstigen Vorsicht so laut und anhaltend und mit solcher Entschlossenheit und Intensität nach einem Kater, dass ich die Tür lieber geschlossen halte, da *ich* jetzt fürchte, sie könnte tatsächlich einen umherstreifenden Verehrer anlocken. Der Rest des Tages verläuft ziemlich ruhig, die Katzen schlafen in gewohnter Konstellation an den gewohnten Orten und streifen nur ab und an durch das Haus, um zu sehen, was ich so treibe. Alles bestens.

Alle drei fressen mehr als gewöhnlich, aber das liegt ver-

mutlich daran, dass die Tage (und Nächte) inzwischen merklich abgekühlt sind. Der Herbst steht vor der Tür.

An einem Sonntagnachmittag Anfang Oktober bereiten Michael und ich gerade entspannt ein spätes Mittagessen zu, als Michael auf meine Bitte hin hinausgeht, um ein Pita-Brot aus dem Tiefkühlschrank im Schuppen zu holen. Er kommt pitschnass zurück, schüttelt sich wie ein nasser Hund und bemerkt, dass es draußen richtig stürmt. Ich koche gemächlich fertig, und wir setzen uns an den Tisch, essen, trinken dazu etwas Wein und unterhalten uns über dies und jenes, umgeben vom sonntäglichen Zeitungsberg. Wir sind völlig entspannt und genießen den Luxus, uns nicht um die Uhrzeit scheren zu müssen. Irgendwann steht Michael auf, streckt sich träge, verabschiedet sich liebevoll von mir und verlässt das Haus, um sich im örtlichen Weinlokal eine Fußballübertragung anzusehen.

Durch den beim Öffnen und Schließen der Haustür entstehenden Luftzug wird eine der Zeitungen vom Sog erfasst und fliegt laut raschelnd durch die Hintertür. Ich stürze hinterher. Es schüttet, und als ich mich bücke, um die Seiten einzusammeln, registriere ich aus den Augenwinkeln, dass das Gartentor sperrangelweit offen steht und im Wind auf und zu schlägt. Entsetzt erstarre ich mitten in der Bewegung. Wo sind die Katzen?

Ich schlage die Hintertür zu und hetze, meinen »Miez«-

Ruf auf den Lippen, nach oben. Puschkin liegt mit halb geschlossenen Augen noch ganz verschlafen auf unserem Bett,

aber von Fannie oder Titus keine Spur. Ich stürze die Treppe wieder hinunter und nach draußen, wobei ich die Tür hinter mir zuschlage, um wenigstens Puschkin daran zu hindern, das Haus zu verlassen. Ich laufe durch das Gartentor und die Stufen hinauf in den Hauptgarten. Weit und breit nichts zu sehen, das auch nur im Entferntesten Ähnlichkeit mit einer Katze hätte. Ich rufe mehrmals nach den beiden.

Plötzlich bewegt sich etwas unter einem Fuchsien-Strauch, und gleich darauf schießt Fannie an mir vorbei, ihr aufgeplusterter Schwanz dreimal so dick wie gewöhnlich. Verzweifelt versucht sie, durch die verschlossene Hintertür ins Haus zu gelangen. Ich laufe zurück und lasse sie hinein. Anschließend kehre ich zurück in den Garten, um weiter nach Titus zu suchen. Ich trabe den Kiesweg entlang, der unter der mit triefenden Rosen überrankten Pergola herführt, kann sie jedoch nirgends finden. Beunruhigt laufe ich quer über den Rasen und durch das andere Ende der Pergola, das von tropfendem Geißblatt überwuchert ist, aber auch hier keine Spur von einer Katze. Ich bin schon ganz heiser vom Rufen. Ich ziehe den pitschnassen Gartentisch beiseite und werfe einen Blick unter die Gartenbank, und da, endlich, starren mir zwei bernsteinfarbene Augen entgegen. Ganz langsam, den vor Furcht buschigen Schwanz steil in die Höhe gereckt, kommt Titus heraus in den Regen, will sich aber nicht hochnehmen lassen. Als es mir schließlich doch gelingt, sie zu packen, und ich sie an mich drücke, schnurrt sie, vermutlich, weil sie sich bei mir auf dem Arm sicher fühlt.

Ich sperre beide pitschnassen Katzen im Haus ein, wo sie sofort anfangen, sich intensiv zu putzen. Erschöpft lasse ich mich auf einen Sessel fallen und weiß jetzt, was es heißt, wenn einem buchstäblich das Herz bis zum Hals schlägt.

Ich bin richtig erschüttert, dass eine Kleinigkeit mich derart aus der Fassung zu bringen vermag. Die beiden Katzen waren also draußen im Garten. Mehr ist nicht passiert. Und doch ist mir immer noch richtig übel von dem durchgestandenen Schrecken. Wie kann eine solche Banalität eine derartige Überreaktion hervorrufen? Jede Sekunde, die sie da draußen waren, habe ich erlebt wie den Verlust eines weiteren geliebten Stubentigers. Als Michael heimkommt, berichte ich ihm noch ganz aufgewühlt von dem Zwischenfall mit dem offenen Tor und vergesse darüber völlig, mich nach dem Ausgang des Fußballspiels zu erkundigen.

Die Rolligkeit unserer zwei Mädchen lässt langsam nach, aber sie rufen immer noch sporadisch, wobei Fannie dies derzeit nachhaltiger tut als Titus, und wenngleich sie an sich keine besonders laute Stimme hat, geht einem die hohe Tonlage durch und durch. Titus beschränkt ihre Lautäußerungen auf ein um vieles tiefer angelegtes Miauen. Puschkin seinerseits zeigt immer noch keinerlei Reaktion auf die Lockrufe der beiden, wobei man der Fairness halber sagen muss, dass die Mädchen ihr Rufen demonstrativ nach draußen richten und offenbar nicht an ihn.

Wenngleich er, was die Mädels betrifft, völlig gelassen bleibt, scheint er alles in allem mit zunehmendem Alter immer verrückter zu werden. Heute Morgen stürzte er sich, zornig über den Radau von vier frechen Elstern, vom anderen Ende des Auslaufs mit Anlauf auf den Zaun und stieß mehrmals wütend gegen den Kunststoffüberhang, der ihn am Überklettern des Zaunes hinderte, bevor er schließlich resigniert aufgab und wieder heruntersprang. In der vergangenen Woche ist es ihm gleich zweimal gelungen, sich durch den Spalt zwischen Tor und Pfosten zu zwängen, und obwohl ich die Lücke inzwischen verschlossen habe, was uns das Öffnen des Tores furchtbar erschwert, versucht er es immer wieder. Er sitzt oft da und mustert über längere Zeit hinweg Tor und Zaun. Wenn ich ihn beobachte, wendet er sich ab, aber sein grübelnder Blick entgeht mir nicht, und ich bin davon überzeugt, dass er sich in diesen Augenblicken in Gedanken weiter mit seiner »großen Flucht« beschäftigt.

Kurz nachdem ich Puschkin beim Ersinnen neuer Fluchtwege beobachtet habe, lese ich in einem Buch von David Greene[1] von Laborexperimenten, die Dr. Donald Adams an der Wesleyan University in den Vereinigten Staaten durchgeführt hat und bei denen es darum ging, wissenschaftlich zu erforschen, ob Katzen zu abstraktem Denken fähig sind. Dr. Adams' Experimente haben eindeutig belegt, dass Katzen erfolgreiche Problemlösungen im Gedächtnis behalten und in der Lage sind, in für sie ungewohnten Situationen auf frühere Erfahrungen zurückzugreifen. Typisch für Katzen ist dabei, dass sie sich das »Problem« vorab genau anschauen, um sich dann abzuwenden und über eine Lösung nachzudenken. Er kommt zu dem Schluss, dass Katzen über ebenso ausgeprägte Fähigkeiten bei der Problemlösung verfügen wie Primaten und in diesem Punkt beispielsweise Hunden weit überlegen sind.

Auf der einen Seite finde ich diese Information ausgesprochen interessant, andererseits bedeutet das jedoch auch, dass ich einen weiteren Grund zur Sorge habe. Puschkin wird früher oder später einen Weg finden auszubüxen.

Was die Intelligenz von Katzen betrifft, war meine Freundin und Verlegerin Judith, die ihr Heim mit zwei wunderhübschen Birma-Geschwistern namens Daisy und Freda teilt, schon immer der Meinung, dass unsere Samtpfoten sich von menschlichen Schlichen nicht hinters Licht führen lassen, eine Ansicht, die ich voll und ganz teile. Sie scheinen von Geburt an in der Lage zu sein, falsches Spiel zu durchschauen. Was die Erziehung von Stubentigern anbelangt, ist sie allerdings der festen Meinung, dass dies möglich sei, hat sie ihren eigenen beiden Katzen doch durch konsequentes Schimpfen abgewöhnt, sich die Krallen an den Möbeln zu wetzen. Und auch wenn Daisy sie, wie sie sagt, zuweilen leicht herausfor-

---

[1] David Greene: Incredible Cats, Methuen Verlag, 1984.

dernd ansieht (ich denke, so ähnlich wie es bei Löwen in der Manege vorkommt), verlegen beide auf das strenge »Nein« hin Krallenschärfen und Markieren an andere Stellen. Ich wünschte von Herzen, ich hätte von Anfang an Judiths strenge konsequente Linie verfolgt: Auf dem Lieblingssofa meiner Samtpfoten ist sogar der Schonbezug des Schonbezuges zerfetzt.

Nachdem ich gerade obige Anekdote zu Papier gebracht hatte, erreichte mich eine E-Mail von Judith, über die ich schmunzeln musste. Sie lautete wie folgt:

```
Von:        Judith
An:         Marilyn

Marilyn,

ich muss noch ergänzen, dass die »Nein«-
Regel nur bei meinen damals noch neuen Sofas
funktioniert hat. Das ist wichtig, weil
ich nicht möchte, dass deine Leser denken,
```

> ich wäre übermäßig pedantisch oder meine
> Mädels würden ein unterdrücktes, von Ver-
> boten diktiertes Leben führen. Tatsächlich
> haben sie ihre Autorität an fünfundneunzig
> Prozent meines Mobiliars ausgelebt! Trotzdem
> war es bemerkenswert, wie schnell sie die
> neue Regel begriffen haben. Wenn sie als
> kleine Katzenkinder übermütig ins Zimmer und
> auf das Sofa zugestürmt sind, haben sie ganz
> plötzlich gestutzt und es sich anders über-
> legt. Ja, ich denke, Katzen sind erziehbar,
> zumindest bis zu einem gewissen Punkt …
> Liebe Grüße,
> Judith

Kann man somit davon ausgehen, dass Katzen Spiel, Satz und Match gewinnen? Sie gehorchen eben nur, wenn ihnen der Sinn danach steht.

Heute ist der letzte Tag im Oktober, und nach Wochen anhaltender sintflutartiger Regenfälle sind wir überglücklich, dass der Himmel endlich wieder blau ist. Der Garten ist in sattes goldenes Herbstlicht getaucht.

Gut gelaunt brühe ich mir einen besonders starken schwarzen Kaffee und gehe glücklich mit der Tasse hinaus in den Garten, wo ich mich an den kleinen Mosaiktisch setze, der vor langer Zeit von einem unbekannten Künstler unter sengender marokkanischer Sonne mühsam zusammengesetzt wurde. Titus hockt leise schnurrend auf meiner Schulter, und ich sitze entspannt da, genieße die Wärme der schräg fallenden Sonnenstrahlen und frage mich ein bisschen wehmütig, wie viele schöne Tage uns noch bleiben mögen, bis der Winter Einzug hält. Heute Nacht werden die Uhren eine Stunde zurückgestellt, was die frühe Dunkelheit einläutet, die das riesige Heer der Pendler, dem auch ich angehöre, jeden Abend aufs Neue zutiefst deprimiert. Als ich mich zurücklehne und durch die Wimpern in den Himmel blinzele, registriere ich einen flatternden bunten Schmetterling, der zwischen meinen Augen und der Sonne vorbeitanzt. Titus, die Jägerin, schaut glücklicherweise gerade in die andere Richtung.

Ich springe auf und setze die Katze neben der vergessenen Kaffeetasse auf dem Tisch ab, um dem Insekt hinaus in den Garten zu folgen, wo es eine richtige Flugschau veranstaltet und jeden, der verrückt genug ist, ihm zu folgen, ganz schön ins Schwitzen bringt. Als ich die Jagd gerade aufgeben will, lässt sich der Schmetterling, so wie es seine Gattung häufig tut, nur eine Armeslänge entfernt auf den fein gezackten Blättern spät blühender Anemonen nieder, deren intensive Farben in der Sonne richtig leuchten. Wenigstens bekomme ich so Gewissheit, dass es sich bei dem Gegenstand meiner uneleganten Verfolgung tatsächlich um ein prächtiges männliches Exemplar des Roten Admirals handelt. Ich beobachte ihn eine volle halbe Stunde dabei, wie er die wenigen noch verbliebenen Nektarquellen unseres Gartens anfliegt. Er lässt sich auch auf den Fuchsien nieder, scheint dort jedoch nicht das zu finden, wonach er sucht. Der Schmetterling verbringt viel Zeit auf einigen zartgrünen Efeu-Blüten, die zwar eher dezent daherkommen, aber offenbar sehr nektarreich sind, da nicht nur der Rote Admiral sie ansteuert. Tatsächlich werden die Blüten von unzähligen Bienen und anderen Fluginsekten umschwärmt. Auffällig ist, wie sehr der Schmetterling sich nach den wärmenden Sonnenstrahlen sehnt. Er legt häufig Pausen ein, landet mal auf einem herbstlich goldenen Blatt, mal auf einem verwaschenen Backstein der Hauswand. Dort breitet er dann die Flügel aus, die ganz sacht in den angenehm wärmenden Strahlen erzittern. Langsam öffnet und schließt er die Flügel und zeigt den tiefschwarzen Samt mit dem breiten roten Band, das sich durch das obere Drittel zieht und den unteren Rand säumt, sowie die leuchtend weißen Rechtecke und Punkte in der oberen Ecke. Wie froh ich bin, dass wir die Brennnesseln ganz hinten im Garten, in der Nähe des Schuppens und der Wäscheleine, stehen lassen! Vermutlich ist er dort seinem Kokon entschlüpft. Wie wütend ich war, als unsere Nachbarn bei der Reparatur ihres Gartenzauns, ohne zu fragen, die Nesseln abgemäht haben!

Und doch fürchte ich um das Wohl meines Roten Admirals. Es wird viel darüber diskutiert, ob die zweite Generation (und so spät im Jahr muss er einer zweiten oder sogar dritten angehören) überwintert, in wärmere Gefilde fliegt oder aber mit der kalten Jahreszeit eingeht. Der weitläufigen Meinung zufolge sollen die meisten Arten im letzten Entwicklungsstadium, also als Schmetterling oder Imago (welch wunderbares Wort, hat es doch einen wahrhaft himmlischen Plural: »imagines«, man stelle sich das vor!) nur zwei bis drei Wochen leben. Nachdem sie sich gepaart und ihre Eier abgelegt haben, haben die wunderschönen zarten Kreaturen ihren biologischen Zweck erfüllt und sterben. Der Rote Admiral ist jedoch anders. Es wird spekuliert, dass die erste Generation sowie möglicherweise auch einige Exemplare der zweiten auf das Baltikum migrieren, nach Skandinavien, auf die Kanarischen Inseln, nach Madeira oder gar auf die Azoren. Dieses Exemplar scheint sich jedoch Zeit zu lassen mit der Migration.

Zwei Tage später drückt sich Titus die Nase an Johns Schlafzimmerfenster platt, und als ich ihr über die Schulter schaue, um zu sehen, was sie so fasziniert, sehe ich ihn wieder, meinen Roten Admiral. Er sonnt sich auf der inzwischen gelb verfärbten Glyzinie, die sich, von der Ostseite kommend, unterhalb der Fensterbänke um das Haus rankt, an der warmen, der Sonne zugewandten Südseite entlang und seit diesem Jahr auch entlang der westlichen Hauswand, an der sich der Katzenauslauf befindet. Sieht aus, als wäre es tatsächlich derselbe wie vor zwei Tagen, als ich draußen auf Schmetterlingsjagd war und kein zweites Exemplar seiner Art entdeckt habe. Obgleich die Nächte inzwischen schon empfindlich frisch sind, hat er also bisher überlebt. Ich wüsste so gern, was aus ihm wird! Vielleicht überwintert er ja an einem geschützten Ort hier bei uns im Garten. Oder zieht er doch noch gen Süden? Wie faszinierend und gleichzeitig Respekt einflößend, dass ein so kleines und zartes Wesen in der Lage ist, solche Entfernungen zurückzulegen!

»Bitte erfriere nicht. Bleib bis nächstes Jahr am Leben.«

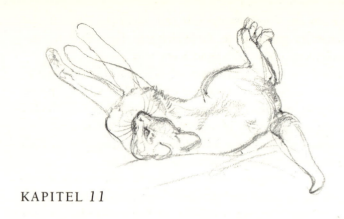

KAPITEL *11*

Es ist Anfang November und Puschkin somit neuneinhalb Monate. Als ich heute Morgen nach dem Duschen aus dem Bad komme, bin ich etwas perplex, als ich ihn breitbeinig auf unserem Bett antreffe, wo er sich (ein passenderer Ausdruck fällt mir nicht ein) seinen »Ständer« leckt. Titus liegt, mit dem Rücken zu ihm, anscheinend gleichgültig am anderen Ende des Bettes.

Später, gegen Mittag, höre ich lautes Gepolter im Erdgeschoss, und als ich hinuntergehe, um nachzusehen, was da los ist, stellt sich heraus, dass Puschkin Fannie quer durch alle Zimmer jagt. Plötzlich bleiben beide abrupt stehen, und er beißt sie sanft, verdächtig sanft, in den Nacken. Fannie faucht ihn an und läuft davon. Nach einer Weile versucht er, Titus zu einer Verfolgungsjagd zu animieren. Als Titus, wie zuvor Fannie, kurz anhält, packt er auch sie beim Nackenfell. Titus war schon den ganzen Vormittag mieser Laune, und sie wirbelt sogleich herum und versetzt ihm einen Hieb mit der linken Pfote.

Ein Freund von uns hat gemeint, es wäre vielleicht besser, Puschkin mit einem der beiden Mädchen zusammen einzusperren, aber ich bin dagegen. Es würde eine drastische Einschränkung ihrer Bewegungsfreiheit bedeuten und von den Katzen möglicherweise als bedrohlich empfunden werden. Außerdem ist Puschkin ja noch ein halbes Kind.

Am Abend stolpert Titus, als sie von draußen hereinkommt; es sieht aus, als sackten ihre Hinterbeine einfach weg. In letzter Minute fängt sie sich wieder, und nachdem ich kurz erwäge, mit ihr zum Tierarzt zu fahren, verwerfe ich den Gedanken dann doch. Ein einzelner Stolperer rechtfertigt noch keine Fahrt in die Tierklinik.

Kurze Zeit später fängt Puschkin an, sich ungewöhnlich schlecht zu benehmen. Er hockt scheinbar völlig ruhig auf dem Katzenbaum, um dann urplötzlich und offenbar grundlos die Bougainvillea in Stücke zu reißen. Die Äste sind dornig, und er geht mit Klauen und Zähnen zu Werke.

»Puschkin! Lass das! Hör sofort auf!«, schimpfe ich verärgert.

Er springt auf den Boden, rast einmal um das Wohnzimmer herum, bleibt ganz plötzlich stehen und funkelt mich böse an. Menschliche Emotionen auf Tiere zu übertragen kann zu Missverständnissen führen, trotzdem fällt es mir schwer, diesen Blick anders zu interpretieren als so: Er ist unverhohlen herausfordernd. Als ich den feindseligen Ausdruck auf seinem Gesicht sehe, fällt mir seltsamerweise wieder die Angst

ein, die ich früher in der Nähe der zehn, elf Jahre alten Jungen aus der Schule neben meiner empfand. Sie haben uns Mädchen richtig terrorisiert und uns Schneebälle vorn in die Turnanzüge gestopft. Ich weiß noch gut, welche Furcht ich vor dieser jungen Männlichkeit hatte, vor diesem »Geruch« nach Testosteron. Sie waren richtig beängstigend, vor allem in der Gruppe. Ich reiße mich zusammen und beuge mich herab, um ihn auf den Arm zu nehmen, doch er läuft davon. Ich nehme an, dass seine Hormone verrücktspielen und er gerade seine eigene Männlichkeit entdeckt. Bisher hat er noch nicht im Haus markiert, aber ich spüre, dass es nicht mehr lange dauern wird.

Ich beobachte Puschkin jetzt genauer, und mir wird klar, dass er sich beinahe täglich auf subtile Art weiterentwickelt und verändert. Er ist schmal, doch dabei überraschend muskulös und verfügt über erstaunliche Kräfte. Puschkin stürzt sich auf allerlei und fällt von allerlei herunter, aber wie ein sturer Widder vermag er sich durch alle möglichen brenzligen Situationen hindurchzukämpfen. Fannie war hierbei immer so dezent wie ein Geist, der durch das Mauerwerk schwebt. Er hingegen rennt, während ich noch im Bett liege, polternd im Zimmer herum, um dann unvermittelt mit einem Riesensatz auf meinem Bauch oder meiner Brust zu landen. Er hat keinerlei Sensibilität. Wenn einer von uns im Bett liegt, am Computer sitzt oder Zeitung liest, stürzt Puschkin einfach herein und ist ganz plötzlich da, auf der Tastatur, auf dem Schoß. Manchmal springt er einem sogar mitten ins Gesicht. Wenn er sich aber auf der von ihm auserwählten Person niedergelassen hat, schnurrt er sein unwiderstehliches tiefes, vibrierendes Schnurren, sodass man ihm seine Ungezogenheiten sofort verzeiht. Ebendieses laute Schnurren scheint die Katzenmädchen jedoch in höchstem Maße zu irritieren. Möglicherweise interpretieren sie es ja als Besitzanspruch seinerseits.

Dabei ist er ein solcher Kindskopf. Er probiert einfach alles auf seine Essbarkeit und ist ganz verrückt nach richtigem Fleisch (Fisch mag er weniger). Ganz besonders steht er auf englisch gebratenes, mit Knoblauch gespicktes Lamm und rosa Rindfleisch. Er hat richtig Mumm, und ich finde es lustig, dass er und John sich zusammengetan haben und die beiden aneinanderkleben wie die Kletten: Jungs unter sich. Wenn er die anderen Katzen mit Kopfstößen von der Futterschüssel verdrängt, obwohl mehr als genug da ist, geht es ihm allein darum, seine Überlegenheit zu demonstrieren. Anderseits ist er nicht nachtragend, wenn die beiden ihn bei anderen Gelegenheiten angiften und verhauen, nur weil er sich neben sie gelegt und angefangen hat, sie zu putzen. Er macht dann jedes Mal ein verdutztes, jedoch nicht beleidigtes Gesicht. Ich denke, alles in allem hat er trotz seiner verrücktspielenden Hormone (außer wenn es ums Fressen geht) ein großzügiges Wesen.

Als ich Puschkin heute Morgen nach draußen lasse, bleibt er abrupt stehen und hält beinahe senkrecht die Nase in den Wind; eine äußerst ungewöhnliche Haltung bei einer Katze. Ich habe so etwas bisher nur im Fernsehen bei Wölfen gesehen. Puschkin hat schon als ganz kleines Kätzchen den Kopf in dieser Art schnuppernd in die Luft gereckt. Es weht ein kräftiger Wind, und die Windspiele der Nachbarschaft klirren wild durcheinander. Puschkin dreht die großen, spitzen Ohren wie ein Radar vor und zurück, registriert die Kakofonie sowie die Gerüche des ersten Herbstes in seinem Leben. Mir fällt eine Begegnung ein mit einem Bauern aus den Dales an einem ähnlich stürmischen Tag. Während wir uns unterhielten, beobachteten wir seine beiden Hunde, die immer wieder das gleiche Stück Land hinauf- und hinabrannten, wobei sie, vor Erregung zitternd, an den zahlreichen Spuren auf dem Grashang schnupperten, bis der Bauer schließlich brummte:

»Die leben in einer völlig anderen Welt, einer Welt voller

Gerüche. Sie und ich, wir haben ja keine Vorstellung davon, was die alles wahrnehmen.«

Ich weiß noch, dass ich mir damals gewünscht habe, ich wüsste, welche Informationen genau geruchssinngeprägte Tiere den Witterungen entnehmen, die sie registrieren.

Der ungewöhnlich heftige, aus allen Richtungen wehende Wind schlägt die Blätter um, die nun ihre hellere Unterseite zeigen. In den Dales heißt es, dass es noch vor Tagesende regnen wird, wenn die »geheime« Seite der Blätter zu sehen ist.

Die Nachrichten, die der Wind herbeiträgt, machen Puschkin sichtlich nervös. Zweimal stürzt er sich auf den Zaun, klettert diesen ganz hinauf und schlägt mit dem Kopf gegen den Überhang, bevor er sich frustriert auf den Kiesboden zurückfallen lässt. Bei einem ähnlichen Ausbruchsversuch eine Stunde zuvor hatte er noch mehr Ausdauer gezeigt.

Inzwischen stehe ich in der Küche und warte, dass der Kaffee durchgelaufen ist, als ich plötzlich über das schlürfende Geräusch der Kaffeemaschine hinweg ein seltsames gleichmäßiges Klacken draußen im Garten höre. Bei einem Blick durch die offene Hintertür entdecke ich zwei große verschlafene Bienen, die eben von den welken Überresten der letzten Geranien des vergangenen Sommers fortfliegen. Das Geräusch, das meine Aufmerksamkeit erregt hat, stammt von dem schmiedeeisernen Blumentopfhalter, von dem an einer Vorderpfote ein lang gestreckter, schlanker, glänzender grauer Kater baumelt. Vor meinen Augen dreht er sich an seinem einen Vorderbein langsam von einer Seite auf die andere. Der Halter ist in einer Höhe angebracht, die in etwa dem Anderthalbfachen meiner Körpergröße entspricht. Ich frage mich, wie lange er diese unmögliche Haltung wohl beibehalten mag. Puschkin, denn selbstverständlich handelt es sich um niemand anders als ihn, schaut mich mit einer Mischung aus Verunsicherung, ja sogar Furcht und Verärgerung an, und gerade, als ich im Begriff bin, ihn zu fragen, was genau er da treibt, fällt mir I-aahs lapidare Antwort ein, als er sich, hilflos im Bach treibend, ebenfalls von einer Seite auf die andere dreht und Rabbit ihn fragt, was er da mache:

»Dreimal darfst du raten, Rabbit. Ich buddele ein Loch in die Erde? Falsch. Ich hüpfe auf einer jungen Eiche von Ast zu Ast? Falsch. Ich warte, dass mir jemand aus dem Wasser hilft? Richtig.«[1]

Als ich rübergehe, um Puschkin aus seiner misslichen Lage zu befreien, dreht er sich herum, fährt die Krallen ein und springt herunter. Um seine Verlegenheit ob der peinlichen Situation zu überspielen, schlendert er dann zu einem Blumenkasten und macht sich mit demonstrativer Gelassenheit daran, daraus zu trinken, ohne mich eines Blickes zu würdigen. Er erinnert mich daran, wie unartig kleine Schulkinder sein können. Eine Grundschullehrerin hat mir einmal erzählt, dass sie stürmisches Wetter hasst, weil ihre Klasse dann immer besonders aufsässig ist.

Während Puschkin noch im Wachstum ist und seine Hormone ihn dazu verleiten, Wände hinaufzulaufen, haben seine beiden Mitbewohnerinnen inzwischen in Sachen Fortpflanzungsfähigkeit ihre Entwicklung abgeschlossen.

Fannie ist zwar von sehr zartem Körperbau, aber ansonsten »in den besten Jahren«. Sie ist die hübscheste Katze, die ich je gesehen habe. Natürlich bin ich in diesem Punkt hoffnungslos subjektiv. Doch mir geht jedes Mal das Herz auf,

---

[1] A. A. Milne: The House at Pooh Corner, Methuen Verlag, 1928.

wenn ich ihr feines dreieckiges Gesicht mit den riesigen Augen mit der ausdrucksvollen Markierung sehe, dazu die winzige dunkelrosa, von zartem Schokoladenbraun umrandete Nase und ihr unvergleichlich anmutiger Gang, beinahe so, als liefe sie auf den Zehenspitzen. Ja, es reicht sogar, wenn ich nur an sie denke. Allerdings ist sie auch schrecklich nervös und neurotisch, und das wird mit fortschreitendem Alter nicht besser, sondern immer schlimmer. Ich habe keinen Schimmer, was in ihrem so ereignislos erscheinenden Leben vorgefallen sein mag, das in ihr solche Ängste geweckt haben könnte, aber jedes Mal, wenn ich in ihrer Nähe bin, spüre ich, dass ihr kleines Herz rast. Traurig muss ich mir eingestehen, dass Puschkins Einzug der Sache nicht dienlich war. Andererseits schöpfe ich unglaublich viel Trost und Kraft aus diesem kleinen, zarten Wesen, wann immer ich sie in den Armen halte, an der Brust oder auf dem Schoß wie beispielsweise bei unserem kostbaren morgendlichen Ritual nach dem Duschen. Sie besitzt die Fähigkeit, auf ganz bemerkenswerte Art und Weise Schmerzen zu lindern und Liebe zu spenden. Das empfinden viele Menschen so, vor allem aber Damian, Michaels ältester Sohn. Als sich nach der ersten Grundimpfung ein Knubbel auf ihrem Rücken entwickelte, der uns zu allerlei düsteren Spekulationen verleitete, erklärte Damian mit einer drastischen Offenheit, die mich richtig schockierte:

»Nein, nicht Fannie. Die nicht. Die andere, okay, aber nicht Fannie.« Arme Titus, sie derart zum entbehrlichen Anhängsel zu degradieren! Gott sei Dank stellte sich bald heraus, dass es sich bei der Schwellung nur um eine Impfreaktion handelte, die nach gut zehn Tagen wieder abgeklungen war.

Fannie bewegt sich sehr präzise, sicher und über die Maßen grazil. Sie balanciert regelmäßig mühelos auf der Oberkante der alten massiven Schlafzimmertür, um von diesem schmalen Grat aus ganz oben auf das Bücherregal zu springen, von wo aus sie alles beobachtet, was weiter unten geschieht. Von dort aus springt sie dann wieder auf die keine drei Zentimeter breite Türkante und weiter auf eine Sessellehne. Keine der anderen Katzen bringt das fertig. Wenn sie könnte, würde sie vermutlich den Dachfirst entlangwandern, so wie ihre Mutter es früher getan hat, aber diese Freiheit, die über kurz oder lang ihren Tod bedeuten würde, kann ich ihr einfach nicht einräumen. Fannies Körper besitzt eine Leichtigkeit, die ebenso wirklich ist wie auch irgendwie ätherisch. Früher habe ich nie verstanden, dass manche Menschen mit Katzen eine gewisse »Jenseitigkeit« verbinden, doch auch wenn es schwer zu erklären ist und jeder Erklärungsversuch sonderbar klingen mag, denke auch ich inzwischen, dass Katzen ein einzigartiges Element eigen ist. Für mich scheinen sie mehr dem Element Luft anzugehören als jenem der Erde. Fannie ist extrem zart, weist jedoch gleichzeitig mehr als nur eine Andeutung von Wildheit auf. Wenn sie einem ihre Liebe schenkt, was sie mit großer Intensität tut, kann es aufgrund ebendieser natürlichen Wildheit schon mal zur Sache gehen.

Tierärztin Kate, mit der ich inzwischen befreundet bin, hat mir einmal erzählt, dass angehende Tierärzte während des Studiums lernen, Hunde als Haustiere einzustufen und davon ausgehen dürfen, dass ein Hundebesitzer auch in der Lage ist, sein Tier während der Untersuchung unter Kontrolle zu halten. Katzen hingegen werden als »Wildtiere« eingestuft, und man setzt bei ihnen kein wirklich vorhersehbares diszipliniertes Verhalten voraus. Alle Katzen, die ich je kennengelernt habe, mögen auf den ersten Blick noch so zahm wirken, tatsächlich aber lauert die Wildheit dicht unter der Oberfläche. Genau darum finde ich ihre Beziehung zu uns Menschen auch so außergewöhnlich, ein artenüberschreitendes Band, so wie es auch zwischen Gos und T. H. White bestand und das er in seiner wunderbar formulierten und außerordentlich prägnanten Studie der Entwicklung zum Falkner beschreibt:

Ich hatte lange mit diesem Falken zusammengelebt, war sein Sklave gewesen, sein Metzger, seine Krankenschwester und sein Lakai. Seine Kleider hatte er von mir, ich hielt sein Haus sauber und wohlriechend, seine Mahlzeiten wurden von mir erlegt, ausgenommen, in Stücke gehackt und serviert, seine Ausflüge unternahm er auf meiner Faust. Sechs Wochen lang hatte ich bis spät in die Nacht an nichts anderes gedacht und war früh aufgestanden, um meine Überlegungen umzusetzen. Ich war selbst halb zum Vogel geworden, hatte meine ganze Liebe, mein Interesse und meine Kraft in seine Zukunft gesteckt, hatte mich diesem Glück so rückhaltlos ausgeliefert, wie man es in der Ehe und in der Familie tut. Falls der Falke starb, würde mein ganzes gegenwärtiges Ich mit ihm sterben.[2]

O ja, wenn Fannie sterben würde, würde mein ganzes gegenwärtiges Ich mit ihr sterben.

Die Verschiedenartigkeit der drei Katzen ist so ausgeprägt wie nur möglich. Sie sind physisch und charakterlich grundverschieden. Titus ist physisch eine flauschige, runde, hellrot getigerte und weiß gefleckte Katze mit bernsteinfarbenen Augen. Sie ist warm, knuffig, auf träge Art liebevoll und sehr ver-

---

[2] T. H. White: The Goshawk. Herausgegeben von Jonathan Cape, 1951.

fressen, wobei sie Trockenfutter klar bevorzugt. Sie kann eine aktive Jägerin sein, wenn sie sich davon Spaß verspricht. Grundsätzlich ist sie aber eher faul, und am liebsten liegt sie einfach nur herum, vorzugsweise auf irgendeinem Schoß oder Arm. Ihre bevorzugten Schmuseopfer sind Männer, im Idealfall solche, die fernsehen. Perfekt. Die Erfahrung scheint sie gelehrt zu haben, dass ein Mann in dieser Stellung am ehesten sitzen bleibt und ihr Gewicht ebenso toleriert wie ihre Haare in seiner Nase. Vor allem aber hält so ein Mann einfach still. Am liebsten liegt sie auf der linken Schulter ihres Opfers. Darüber hinaus kommt bei ihrer Wahl auch ein Flirtelement zum Tragen. Sie reagiert beim Menschen deutlich stärker auf männliche als auf weibliche Pheromone, sodass, wenn mehrere Menschen in einem Zimmer sitzen, sie für gewöhnlich einen männlichen Schmusepartner wählen wird, allerdings nicht *zwingend*. Von unseren drei Katzen ist sie die »redseligste«, und sie scheint menschliche Gesellschaft regelmäßiger zu suchen und zu brauchen als die beiden anderen. Wenn Michael oder John von der Arbeit nach Hause kommen, empfängt sie sie an der Tür und quiekt und quakt in einer ganzen Reihe klarer, aber fein modulierter Begrüßungslaute, die lauter werden, wenn sich der Betreffende herabbeugt, um ihr den Rücken zu streicheln. Seit Kurzem wird mir die gleiche Begrüßung zuteil, allerdings nur, wenn keiner der Männer in der Nähe ist. Sie scheint außerdem sehr viel nachzudenken, und ihre Art, einen zu mustern, kann einen ganz nervös machen.

Ein Beispiel für die Arbeitsweise ihres unergründlichen Verstandes ergibt sich am heutigen Abend. Ich sitze noch spät an meinem Schreibtisch, und im Haus ist es sehr still. Ich bin allein mit den Katzen. Titus liegt zusammengerollt schlafend auf dem Bett hinter mir. In der Stille höre ich ein leises Maunzen, das sich nach und nach steigert, bis es, als ich mich umdrehe, einem kontrollierten Schrei ähnelt. Titus schläft immer noch tief und fest und träumt offensichtlich. Bevor der Schrei seine vollen Ausmaße angenommen hat, schaue ich hinauf zu Fannie, die oben auf dem Regal auf einem Stapel Schals von mir gelegen hat und jetzt kerzengerade dasitzt und Titus aus ihren schönen, neurotischen, durchdringenden Augen mit den dunklen geweiteten Pupillen anstarrt, einen zutiefst beunruhigten Ausdruck auf dem Gesicht. Sie springt herunter und zu Titus aufs Bett, um ihr gleich darauf tröstend das Gesicht zu lecken. Inzwischen wacht Titus langsam auf. Sie wirkt in keinster Weise beunruhigt und schenkt Fannies gut gemeinten Liebkosungen keinerlei Beachtung. Stattdessen gähnt sie weit und anhaltend, schluckt, streckt sich und springt dann ohne erkennbare Hast vom Bett.

»Gut geträumt? Hast du etwas erlegt?«, erkundige ich mich.

Sie ignoriert mich ebenso wie zuvor Fannie. Die seufzt.

»Wie du meinst«, rufe ich Titus' Hinteransicht nach, als sie das Zimmer verlässt.

Sie setzt ihren Weg ungerührt fort. Ich wette, dass sie nach unten geht, um die Futterschüsseln zu inspizieren und den einen oder anderen Happen zu naschen.

Einige niedliche Merkmale von Titus: Sie hat eine perfekte, feine und wunderbar komplexe kleine rosa Nase und dazu passende rosa Lippen und Pfotenballen. Auf der Unterlippe hat sie einen Kreis mit Sommersprossen, die unglaublich süß sind, wenn auch nur sichtbar, wenn sie das Maul öffnet.

Gestern Abend habe ich Titus für etwa anderthalb Stunden versehentlich ausgesperrt. Es war bitterkalt, hatte aber nicht gefroren, und ich hatte beim Kochen die Hintertür geschlossen. Nach dem Essen öffnete Michael die Tür zum Glück noch einmal, um einige Beutel Gemüse in die Tiefkühltruhe zu bringen. Draußen stieß er auf eine aufgeplusterte und ziemlich übellaunige Titus.

»Aha ... Dann bin ich also nicht der Einzige, der dich aussperrt. Arme alte Titus. Ist dir kalt geworden?«, neckte er sie.

Schuldbewusst blickte ich ihr entgegen, als sie hereinkam, und zu meinem Schrecken schienen ihre Hinterbeine auf der Schwelle nachzugeben. Bei genauerem Hinsehen stellte ich dann fest, dass ihr linkes Hinterbein in einem unnatürlichen Winkel abstand.

»Michael, ich werde mit ihr zum Tierarzt fahren müssen. Mit ihr stimmt etwas nicht.«

Und dort bin ich gerade gewesen. Ich habe erfahren, dass sie an einer Kniescheiben-Luxation leidet. Übeltäter ist das linke Hinterbein. Das könnte die Folge einer Verletzung sein, ebenso gut aber eine angeborene Missbildung. In jedem Fall ist es sehr schmerzhaft. Das Gelenk muss aufwendig operiert werden, und in der Folge ist mit starken Schmerzen zu rechnen. Wir werden sie massiv in ihrer Bewegungsfreiheit einschränken und ihr Schmerzmittel verabreichen müssen. Die Chirurgin, die den Eingriff morgen vornehmen wird, ist eine Stellvertreterin und wird unmittelbar nach der Operation abreisen. Die Praxis wird über Nacht nicht besetzt sein, und ich darf Titus frühestens am Freitag heimholen. Ich bin ganz und gar nicht glücklich mit der Situation, aber was bleibt mir anderes übrig?

Nun sehe ich, was ich am zwanzigsten August, also vor über drei Monaten, in mein Tagebuch geschrieben habe. Da steht:

Ich mache mir furchtbare Sorgen, dass sie vielleicht nicht glücklich sind. Titus sitzt oft zusammengekauert da, in einer Haltung, die mich ganz nervös macht.

Es waren die Schmerzen und nicht Puschkin, die ihr damals zu schaffen machten. Wann werde ich endlich lernen, die Signale meiner Katzen richtig zu deuten?

KAPITEL *12*

Donnerstag, 9:00 Uhr

Ein düsterer verregneter Novembertag, und mir ist ganz übel vor Sorge. Ich habe furchtbar schlecht geschlafen, geplagt von Albträumen von der Operation, die Titus heute über sich ergehen lassen muss. Ich hatte eine ganze Reihe absonderlicher Träume, aber vor allem einer lässt mich nicht mehr los. In diesem speziellen Traum war Titus halb verhungert, sodass sie einen kleinen braunen Frosch fraß, der in ihrem Maul weiter schrie und strampelte, während sie ihn verspeiste.

Ich habe die Katzen die ganze Nacht umherwandern hören, nachdem Titus auf Anweisung des Tierarztes ab dreiundzwanzig Uhr nichts mehr fressen durfte. Ich wollte nicht, dass sie als Einzige darben muss, darum habe ich auch die beiden anderen auf Diät gesetzt. Die ungewohnte Futterknappheit hat sie alle sehr rastlos gemacht, und Titus und Puschkin sind beide frühmorgens zu uns aufs Bett gesprungen und haben den Kopf an meinem Gesicht gerieben, allerdings mehr fordernd als zärtlich, um sich gleich darauf wieder davonzumachen.

Als ich in die Küche komme, sitzen alle drei aufgereiht dort, wo normalerweise die Futterschüsseln stehen, und schauen erwartungsvoll mit schräg gelegtem Kopf zu mir auf. Ich habe ein ganz schlechtes Gewissen.

Michael hat den ganzen Morgen in der kleinen Nische gearbeitet, in der sein Computer steht, und ich habe ihn in regelmäßigen Abständen besonders zärtlich mit Titus flüstern hören – wenngleich ich finde, er hätte ihr nicht versprechen sollen, ihr eine Genesungskarte zu schicken, da er dieses Versprechen mit ziemlicher Sicherheit nicht einlösen wird. Ich bin aber froh, dass er ihr so viel Zuwendung schenkt, und es tröstet mich, dass die Situation ihn ganz offensichtlich auch belastet. Natürlich hätte ich niemals etwas anderes angenommen, aber meine Nervosität geht ihm auf die Nerven, weil er sie nicht ganz zu Unrecht als Feigheit interpretiert. Michael zeigt also seine Gefühle für die Katzen mir gegenüber nicht so offen, vermutlich zum Ausgleich.

11:45 Uhr

Fahre jetzt mit Titus zum Tierarzt, dann kann Michael endlich die anderen zwei füttern.

Mittag

In der Klinik erkundige ich mich, vielleicht etwas naiv, welcher Teil der Operation der riskanteste ist, worauf Alison, die Tierärztin, die das Problem gestern diagnostiziert hat, die Operation jedoch nicht durchführen wird, fragt:

»Was um alles in der Welt meinen Sie damit?«

Als ich zu einer Erwiderung ansetze, wird mir peinlich bewusst, dass mir zwei dicke Tränen rechts und links der Nase über das Gesicht rollen.

»Ich möchte wissen, an welchem Punkt des Eingriffs die Wahrscheinlichkeit am größten ist, dass sie stirbt.« Ich schlucke.

»Aha. Nun, der Eingriff selbst ist nicht gefährlich. Bei Katzen stellt die Narkose das eigentliche Risiko dar. Die Narkose vertragen nicht alle.« Sie schenkt mir ein aufmunterndes Lächeln, aber jetzt bin ich erst recht beunruhigt.

»Meinen Sie, auf dem OP-Tisch oder hinterher im Aufwachraum?«

»Es kommt schon mal zu Komplikationen, wenn sie wieder zu sich kommen und die Schläuche entfernt werden, doch es wird eine voll ausgebildete OP-Schwester anwesend sein, die ihre Werte kontrolliert, bis sie wieder ganz bei Bewusstsein ist. Um siebzehn Uhr wird sie wieder völlig wach sein.«

Einigermaßen beruhigt, kann ich mir eine weitere Frage dennoch nicht verkneifen:

»Gestern Abend sagte Alice (die Chirurgin) am Telefon, dass nachts niemand in der Klinik sein wird, und mir ist die Vorstellung unerträglich, dass Titus ganz allein hier sein wird und sich möglicherweise ängstigt.«

»Es ist zwar kein Arzt hier, aber ich habe heute Nacht Bereitschaftsdienst und werde um zweiundzwanzig Uhr nach ihr sehen. Sollte sie Schmerzen haben, gebe ich ihr ein Opiat. Das wäre Ihnen zu Hause nicht möglich«.

Ergeben neige ich den Kopf.

»Hören Sie: Rufen Sie um fünfzehn Uhr an, dann können wir Ihnen sagen, wie es steht. Bis dahin dürfte sie aus dem OP zurück sein und langsam wieder zu sich kommen.«

13:50 Uhr

Ich habe mich seltsam ruhig gefühlt, als ich mit leeren Händen aus der Tierklinik zurückgekommen bin, vielleicht weil die Verantwortung jetzt bei anderen liegt. Inzwischen bin ich aber wieder sehr angespannt, nachdem die Uhrzeiger mir verraten haben, dass die OP begonnen hat.

15.00 Uhr

Ich rufe in der Klinik an und muss eine kleine Ewigkeit warten. Endlich teilt die Tierarzthelferin mir mit: »Alice desinfiziert sich gerade. Sie fängt gleich an. Ich sage Ihnen was: Wir rufen Sie an, wenn es vorbei ist.«

Ich stammele und stottere unsinniges Zeug und presse schließlich ein »In Ordnung« hervor. Warum die Verspätung? Bedeutet das, dass vor dem Eingriff an Titus im OP etwas schiefgelaufen ist? Ist Alice jetzt müde und unkonzentriert? Deprimiert spiele ich am Computer eine Partie Solitär, um mich abzulenken, und lasse mich auf das riskante kindische Spiel ein, mit dem Schicksal zu hadern: Wenn ich gewinne, geht alles glatt. Beim ersten Mal gewinne ich in Rekordzeit. Gleich darauf schäme ich mich jedoch für meine Naivität. Ob der »Zauber« auch dann wirkt, wenn man selbst an seiner Wirksamkeit zweifelt?

16:20 Uhr

Michael ist zur Post gegangen, und ich vermute, dass er sich bei dieser Gelegenheit auch ein Bierchen genehmigen wird. Seit er fort ist, ist es sehr still im Haus, und diese zweite Wartezeit kommt mir endlos vor.

Endlich klingelt das Telefon. Es ist Alice, die Vertretung, und sie erklärt in ihrem breiten australischen Akzent:

»Also, ich habe ziemlich gute Neuigkeiten. Ich bin eben mit der Operation fertig geworden, und Titus befindet sich im Aufwachraum. Sie ist noch nicht wieder bei Bewusstsein, aber der Eingriff ist komplikationslos verlaufen. Ich bin mit dem Ergebnis sehr zufrieden. Das Schlimmste ist also überstanden.«

Während sie berichtet und ich schweigend zuhöre, kritzele ich etwas auf einen Notizblock. Erst später wird mir bewusst, dass ich Folgendes notiert habe:

> *Das Schlimmste überstanden*
> *Das Schlimmste überstanden*
> *Das Schlimmste überstanden*
> *Antibiotika*
> *Entzündungshemmer*
> *Zusätzliche Auskehlung im Knochen*
> *Innere Naht*
> *Klinikeigener Käfig*

Erst nach und nach dringt in mein neu erwachtes Bewusstsein, was Alice gerade sagt:

»Titus darf mindestens vierzehn Tage nirgendwo herunterspringen, und je nachdem, wie Sie eingerichtet sind, wird das unmöglich umzusetzen sein. Darum borgen wir Ihnen einen Käfig, in dem sie unbedingt bleiben muss.«

O Titus. Du wirst wahnsinnig werden, uns alle hassen und glauben, wir wollten dir zusätzlich zu den Schmerzen noch mehr Gewalt antun. Es muss eine Alternative geben. Wir müssen sämtliches Mobiliar aus dem Wohnzimmer entfernen. Aber wohin damit? Ich muss mir etwas einfallen lassen.

Wir beenden das Gespräch, wobei sie mich auffordert,

mich um achtzehn Uhr dreißig noch einmal zu melden. Bis dahin werden sie mir aller Wahrscheinlichkeit nach mitteilen können, dass Titus wieder bei Bewusstsein und auf dem Weg der Besserung ist. Ich danke ihr überschwänglich für ihren professionellen Einsatz. Sie lacht und meint, sie müsse sich bei mir bedanken, da ich ihr eine finale Untersuchung erspart hätte. Ich habe es also mit einer Frau zu tun, die die Herausforderung einer schwierigen Operation einer unangenehmen menschlichen Konfrontation vorzieht.

18:20 Uhr

Ich halte es nicht länger aus und wähle die Nummer der Tierklinik. Ich spreche mit Vicky, der diensthabenden Tierarzthelferin, die mir versichert, dass es Titus sehr gut gehe und sie sich bereits aufgesetzt habe, um ihre Umgebung in Augenschein zu nehmen. Sie sagt, dass Titus noch nicht fressen darf, sie ihr aber, bevor sie heute Abend Feierabend macht, etwas Trockenfutter und frisches Wasser geben wird. Sie bestätigt noch einmal, dass sie mindestens vierzehn Tage im Käfig bleiben muss, sie jedoch die meiste Zeit in ihrem Gefängnis verschlafen wird. Sie sagt, ich solle früh am nächsten Morgen wieder anrufen; Leanne, die Nachtschwester, werde mir dann sagen, wie Titus die Nacht überstanden hat. Während unseres ganzen Gesprächs höre ich einen eingesperrten Hund im Hintergrund bellen und jaulen und frage mich, was Titus von dieser Geräuschkulisse in der Klinik halten mag. Ich komme mir schäbig vor, dass ich sie über Nacht dort lasse, gleichzeitig denke ich aber, dass es, vom medizinischen Standpunkt betrachtet, das Beste für sie ist.

Ich spreche ein Dankgebet, dass bislang alles so reibungslos verlaufen ist.

Freitag

Ich rufe an, um mit Leanne, der Nachtschwester, zu sprechen, woraufhin man mir zu meiner Verblüffung mitteilt, sie mache gerade ihre Runde und könne jetzt nicht gestört werden. Käfigkontrolle, denke ich, trotzdem habe ich Verständnis. Sie ruft zurück und berichtet, dass Titus ihnen etwas Sorgen bereite. Die gute Nachricht lautet, dass sie wach ist, ihre Umgebung wahrnimmt und viel miaut. Die schlechte Nachricht ist, dass sie sich in der Nacht nicht in der Katzentoilette, sondern im Liegen erleichtert hat und längere Zeit in ihrem eigenen Urin gelegen hat, keine idealen Voraussetzungen für die Heilung einer so frischen, tiefen Wunde. Sie haben sie gesäubert, so gut es ging, denken aber, je eher ich sie abhole, desto besser, da sie das Gefühl haben, die Umgebung in der Klinik mache ihr sehr zu schaffen. Ich wette, es liegt an dem ständigen Gekläffe, außerdem war sie noch nie von Fannie getrennt, die ebenfalls die ganze Nacht über gerufen hat. Ich vermute, sie vermisst ihre Schwester, obgleich es auch an der bevorstehenden Rolligkeit liegen könnte.

Ich hole Titus ab und entschuldige mich auf der Heimfahrt bei ihr für alles, was ich ihr angetan habe, aber ich fürchte, es wird einige Zeit dauern, bis sie mir verziehen hat. Ich wurde sehr eindringlich darauf hingewiesen, dass sie unter gar keinen Umständen den Käfig verlassen darf, außer zum Knuddeln oder zum Verabreichen von Medikamenten. Sie braucht absolute Ruhe, um sich von der Operation zu erholen.

»Strikte Ruhe für mindestens zwei Wochen. Daran müssen Sie sich unbedingt halten!«, schärfen mir Helferinnen und Tierärzte ein.

Ich verbinde den Klinikkäfig mit unserem eigenen Transportkäfig, sodass sie mehr Platz zum Schlafen hat, da sie ja auch eine Katzentoilette in ihrem Gefängnis benötigt. Sie hat

den ganzen Tag über weniger als einen Teelöffel Trockenfutter gefressen, aber eine ganze Schale Wasser geleert und viel geschlafen. Das Katzenklo hat sie bislang noch nicht benutzt.

Seit ich Titus am Morgen zurückgebracht habe und bis in den frühen Nachmittag hinein, hat Fannie ihre Schwester immer wieder angefaucht. Ich bin schockiert, und Titus scheint beleidigt zu sein, da sie Fannie seit der ersten Attacke den Rücken kehrt, sobald diese sich ihr nähert. Inzwischen faucht Fannie zwar nicht mehr, als freundlich kann man ihr Verhalten jedoch auch nicht bezeichnen. Ich nehme an, dass es an diesem grässlichen Krankenhausgeruch liegt, den Titus verströmt. Hinzu kommt ihr Atem, der noch nach dem Narkosemittel riecht, sodass sie ihrer kleinen Schwester vorkommen muss wie ein völlig fremdes Wesen. Verhaltensforscher haben ja schon mehrfach festgestellt, dass Fauchen nicht zwingend ein Zeichen von Aggression ist, sondern auch Furcht oder Unsicherheit ausdrücken kann, und dies vermute ich nun auch in Fannies Fall. Puschkin seinerseits gebärdet sich um Vieles freundlicher und leckt ihr durch die Gitterstäbe die Nase, wenngleich er gerade eben versucht hat, sie zu hauen.

Nervös halte ich Titus auf dem Schoß, da Liebe und Aufmerksamkeit sehr wichtig sind für ihren Seelenzustand. Ich spüre, dass sie ebenfalls angespannt und verunsichert ist. Im Rahmen der Operation, bei der die Chirurgin eine neue, tiefere Rinne in ihr Schienbein gefräst hat, damit die Kreuzbänder das Knie künftig an seinem Platz halten können, wurde sie großflächig rasiert. Die Rasur beginnt knapp oberhalb des Fußwurzelknochens des linken Beines und führt über den Bauch bis hinauf zum Becken. Durch die partielle Nacktheit hat sie unten am Bein Ähnlichkeit mit einem geschorenen Pudel, während die große weiße Fläche am Oberschenkel eher an eine kleine zarte Lammkeule erinnert. Oben am Becken ist das Fell dann wieder unangetastet. Titus sieht verletzlich und mottenzerfressen aus. Die Narbe ist sauber und trocken, aber unmittelbar um die OP-Wunde herum sind dunkle Hämatome zu sehen. Vorsichtig drücke ich sie an mich.

»Arme Titus. Sie haben dich übel zugerichtet, aber wir alle haben dich noch ebenso lieb wie vorher. Versprochen.«

Ich gebe ihr beide Antibiotika und die nicht minder wichtigen Schmerztabletten mit etwas Nassfutter, und nachdem sie ihre Dosis so problemlos gefressen hat, überrede ich sie, noch etwas mehr von dem Dosenfutter zu sich zu nehmen. Sie frisst, aber schon zehn Minuten später fängt sie an zu würgen und bricht alles wieder aus. Ich schaue mir das Erbrochene genau an, um zu sehen, ob sie auch die Tabletten ausgespuckt hat, was sich jedoch nur schwer sagen lässt. Ich lasse sie über Nacht unten in ihrem Käfig.

John kommt herein und drückt sie. Ich höre, wie er ihr zärtlich zuflüstert: »Bald geht es dir wieder besser, Titus. Du wirst sehen. Du bist doch mein Liebling, aber psssst, das bleibt unter uns, ja?«

Samstag

Heute kommen Klaus und Joelle zum Mittagessen, zwei wirklich enge Freunde von uns. Die Einladung steht schon ewig, und nachdem wir den letzten Termin vor ein paar Wochen aufgrund meiner Ohrenentzündung verschieben mussten, möchten wir unter keinen Umständen wieder absagen. Trotzdem mache ich mir Sorgen, weil ich nicht recht weiß, wie ich Titus in dieser Zeit versorgen soll. Kopfzerbrechen bereitet mir außerdem, dass sie nichts frisst. Ich habe sie mitsamt ihrem Doppelkäfig hinauf in unser Schlafzimmer getragen, damit sie ihre Ruhe hat, und die Rechnung scheint aufzugehen, da das Futter in der bereitgestellten Schüssel nach und nach weniger wird. Erst Stunden später, als ich eine Weile im Schlafzimmer bleibe, um Titus Gesellschaft zu leisten, beobachte ich, was damit geschieht. Fannie, die ihren Widerwillen gegen die fremden Gerüche, die Titus anhaften, scheinbar überwunden hat, steckt systematisch die Pfote durch das Gitter, fischt Trockenfutter aus der Schüssel und sammelt es auf dem Teppich, bevor sie den Haufen dann verschlingt. Fannie, die Penible, Fannie, die für gewöhnlich nur das strikte Minimum frisst und sogar in Hungerstreik tritt, wenn ihr etwas gegen den Strich geht, Fannie beklaut ihre eigene kranke Schwester! Titus hockt derweil unglücklich da und frisst allzu offensichtlich keinen Brocken.

Ich rufe die leidgeprüfte Leanne an, die vorschlägt, ich solle Huhn oder Fisch kochen und sie mit der Hand füttern, sie verspricht aber, dass der Tierarzt sich später bei mir meldet. Ich koche etwas Fleisch, obwohl ich mir wenig davon verspreche, da Titus ausschließlich Trockenfutter frisst. Ich versuche, das in winzige Stücke geschnittene Fleisch an sie zu verfüttern, doch sie lehnt es ab. Auch die Schüssel mit Trockenfutter in ihrem Käfig ignoriert sie weiterhin. Ich fange an, sie mit einzelnen Bröckchen Trockenfutter zu füttern, und schließlich frisst sie tatsächlich eins, gleich darauf ganz bedächtig ein zweites. Ich finde heraus, dass ich ihr Interesse wecken kann, indem ich die Bröckchen einzeln durch das obere Gitter des Käfigs »regnen« lasse, sodass sie vor ihrer Nase landen und sie halbherzig danach »jagen« muss. Sie frisst etwa einen Teelöffel voll, ehe sie mir demonstrativ den Rücken zukehrt, was in ihrer Sprache so viel bedeutet wie: »Lass mich in Ruhe!« Ich gehe wieder nach unten und widme mich halbherzig den Vorbereitungen für das Mittagessen.

Klaus und Joelle treffen ein, und schon bald ist das Haus erfüllt von Gelächter. Zu spät wird mir bewusst, wie desorganisiert ich bin, da ich eben erst das Gemüse fertig geputzt habe und das Fleisch erst in den Ofen schieben kann, wenn die Kartoffeln auf dem Herd stehen. Da klingelt auch schon wieder das Telefon. Es ist wieder Leanne.

Sie hat mit dem Tierarzt gesprochen, der meint, es könne gut sein, dass die Schmerzmittel aufgrund des Erbrechens am Vorabend nicht wirken konnten. Wir sollen es noch einmal probieren und darauf achten, dass sie ihre Tabletten auch wirklich nimmt und bei sich behält. Sollte sie bis morgen, Sonntag, immer noch nicht fressen, sollen wir mit ihr vorbeikommen. Erleichtert berichte ich Leanne, dass sie ein wenig gefressen hat. Ich hoffe, dass ihre angeborene Verfressenheit das Weitere regeln wird, da nun einmal ein Anfang gemacht ist.

Leanne vermutet außerdem, dass das Eingesperrtsein Titus

zu schaffen macht. Eingesperrtsein behagt keinem Tier, aber für Katzen ist es besonders schlimm.

Im Laufe des Tages scheint sich Titus' Zustand zu bessern. Ich schleiche mich in Abständen von unserer Lunch-Gesellschaft fort, um nach ihr zu sehen, und mir fällt ein Stein vom Herzen, als ich sehe, dass sie ein wenig gefressen hat und zum ersten Mal seit der OP wieder richtig wach aussieht. Ich entdecke jedoch auch, dass trotz einer kleinen Barrikade, die ich errichtet habe, um Futterklau zu verhindern, Fannie und Puschkin gleichermaßen durch das Gitter Futter aus der Schüssel fischen, wenn auch aufgrund des Sichtschutzes lange nicht mehr so erfolgreich wie vorher.

Titus ihrerseits hat einen kritischen Punkt überwunden und wehrt sich. In den folgenden zwei Tagen macht sie weiter langsam Fortschritte und frisst, wenn auch immer nur kleine Mengen auf einmal. Sie benutzt problemlos das Katzenklo (leider hat sie durch die Antibiotika Durchfall bekommen), trinkt große Mengen Wasser und ist unglaublich tapfer. Weder miaut sie, noch gibt sie irgendwelche Klagelaute von sich. Allerdings macht sie einen zutiefst deprimierten Eindruck wegen der eingeschränkten Bewegungsfreiheit. Die meiste Zeit liegt sie mit halb angelegten Ohren und halb geschlossenen Augen da. Sie steht nur auf, um sich auf die andere Seite zu legen, zu fressen oder zu trinken. Sie hasst die Pillen, die ich ihr inzwischen beinahe gewaltsam verabreichen muss, und nimmt sie mit Nassfutter nicht mehr freiwillig. Jedes Mal, wenn wieder einmal Tabletten fällig sind, blickt sie mir voller Entsetzen entgegen, auch wenn sie bei all dem keinen Laut von sich gibt. Und trotz ihrer zutiefst verletzten Blicke lässt sie sich widerstandslos von mir »verarzten«.

Michael hat, ganz sicher nur vorübergehend, die Geduld mit Fannie verloren, seit Titus krank ist und ihre Schwester sich so furchtbar egoistisch verhält. Um ehrlich zu sein, muss auch ich zuweilen an mich halten, um ihr Benehmen nicht zu vermenschlichen, immerhin mag das Verhalten unserer Katzen in deren eigener Welt völlig anders zu bewerten sein. Fannie maunzt, während sie auf dem Rücken liegt, eine unmissverständliche Aufforderung, ihr den Bauch zu kraulen. Michael lässt sich mürrisch erweichen:

»Du selbstsüchtiges kleines Biest. Du denkst immer nur an dich, dich, dich. Und was ist mit deiner Schwester? Wenn dir das passiert wäre, würdest du ununterbrochen miauen, und was die Tablettengabe betrifft, wären wir inzwischen völlig zerkratzt.«

Die Vorstellung, dass Fannie eine so schwere Operation mit anschließender Unterbringung in einem Raum mit Hunden erdulden müsste, ist mir ein Gräuel. Titus, du bist wirklich ein tapferes Mädchen, und ich habe meine Lektion ehrlich gelernt. Du hast Mumm, richtig Mumm, und ich weiß jetzt, dass ich dich sehr, sehr lieb habe, nachdem ich solche Angst um dich hatte, als du in der Klinik warst.

KAPITEL *13*

Ich reflektiere deprimiert darüber, warum ein Unglück so selten allein kommt. Michael und ich haben uns so auf den ersten gemeinsamen Urlaub daheim seit Ewigkeiten gefreut, der am Freitagabend begonnen hat. Am späten Montagnachmittag, dem ersten richtigen Urlaubstag, hat Michael plötzlich heftige Schmerzen in der Leistengegend, die gleichen Beschwerden wie schon vor ein paar Wochen. Ich frage, ob er zum Arzt fahren möchte, und anfangs lehnt er noch ab, aber im Laufe des Abends werden die Schmerzen immer schlimmer, sodass ich schließlich trotz seiner Proteste den Notarzt rufe. Der Arzt jagt mir einen Riesenschreck ein, als er sagt, es könne sich um eine arterielle Hernie handeln, und meint, falls sich diese Diagnose bestätige, müsse sofort operiert werden.

Schließlich landen wir in der Inneren Abteilung unseres örtlichen Krankenhauses, und natürlich dauert es Stunden. Michael wird von verschiedenen Ärzten untersucht, die alles Menschenmögliche für ihn tun, aber schließlich kommen sie nach Auswertung der Röntgenbilder zu dem Schluss, dass es sich um ein Hüftproblem handelt und nicht um den vermuteten Ernstfall. Um halb zwei Uhr nachts sind wir wieder daheim und kehren einige Stunden später am Dienstag ins Krankenhaus zurück. Michael wird von einem orthopädischen Chirurgen untersucht, der einen kurzfristigen Eingriff für erforderlich hält und Michael ganz oben auf die Warteliste setzt.

Am Abend desselben Tages fahre ich mit Titus zur Nachuntersuchung zu Alison in die Klinik. Titus macht gute Fortschritte, ich werde allerdings gerügt, weil ich sie am Nachmittag aus dem Käfig gelassen habe (ich wollte ihr mit Michaels Hilfe ein wenig Bewegung verschaffen). Alison erklärt mir noch einmal, dass der Käfig unerlässlich ist, damit das Bein korrekt heilen kann. Ich argumentiere, dass gute Laune und Muskeltonus ebenso wichtig für den Heilungsprozess sind, doch Alison lässt nicht mit sich reden, und obgleich Titus eine Musterpatientin ist, ist mir klar, dass ich in ihren Augen als Pflegerin nicht punkten konnte.

Ich empfinde die zwei Wochen, in denen Titus in ihrem Käfig eingesperrt bleiben muss, als beinahe unerträglich, und ich muss sagen, dass die arme kleine Titus diese Zeit ebenfalls schrecklich findet! Dann ist es aber endlich überstanden, und wir dürfen sie rauslassen, wenn wir auch in der ersten Zeit unter allen Umständen verhindern müssen, dass sie klettert, was eine weitere Riesenherausforderung darstellt.

Als sie das erste Mal durch das Haus geht, ist offensichtlich, dass ihre Muskeln stark abgebaut haben in den zwei Wochen erzwungener Bewegungslosigkeit, und es dauert eine ganze Weile, bis sie wieder genügend Selbstvertrauen hat, um vom Boden aus auf den Tisch zu springen (andererseits war sie von den drei Katzen ja schon immer die unsportlichste und faulste).

Im Laufe des Dezembers erholt sie sich stetig, und ihr Bein wird immer kräftiger, da sie es häufiger benutzt. Trotzdem fühlt sie sich noch unsicher, wenn es darum geht, weitere Entfernungen zu überwinden oder irgendwo hinaufzuspringen.

Wenngleich ihre Muskeln sich rasch zu regenerieren scheinen, dauert es erstaunlich lange, bis an den rasierten Stellen das Fell nachwächst. Alison hatte gemeint, sie würde bis zum Jahresende wieder »normal« aussehen, aber an Weihnachten zeigt sich gerade mal ein ganz leichter Flaum. Der hat den Charme des ersten Bartflaums eines pubertierenden Jungen, noch nicht ausreichend für einen richtigen Schnauzbart, ja noch nicht einmal für eine Rasur.

Ende Januar ist Titus merklich kräftiger und hat sich weitgehend von der Operation erholt. Sie und Fannie scheinen sich näherzustehen denn je. Es hat den Anschein, als grenzten die beiden Puschkin, der sie vor allem tagsüber weitgehend in Ruhe lässt, immer mehr aus.

Die Tage werden länger, und Titus und Fannie werden beide wieder rollig. Beide geben sich in höchstem Maße anhänglich gegenüber ihren Menschen und nur denen gegenüber. Obgleich Puschkin sich ihnen regelmäßig nähert, um an ihren Extremitäten zu schnuppern, wehren sie ihn jedes Mal mit einem Pfotenhieb ab oder setzen sich mit zuckendem Schwanz hin, wobei sie ihm demonstrativ den Rücken zukehren. Armer Puschkin, er sehnt sich nach Liebe und Anerkennung und wird immer nur abgewiesen! Nachts spielen die drei auch weiterhin Fangen, wobei die Mädchen sich abwechseln, während Puschkin stets den Part des Verfolgers innehat. In der Sekunde, da seine Verfolgung jedoch eine neue Wende nimmt und er aussieht, als hätte er anderes im Sinn als ein harmloses Spiel, wird er wieder nachdrücklich in die Schranken gewiesen.

Ich habe mit zwei Katzenbesitzern und zwei verschiedenen Tierärzten gesprochen, und alle sind ehrlich überrascht von der Situation bei uns daheim. Wahrscheinlich stellt Puschkins Unerfahrenheit, beziehungsweise die Unerfahrenheit aller drei Samtpfoten, eine unüberwindbare Hürde dar. Man sagt, dass frei laufende Kater sich den Paarungsakt vom Alpha-Kater der Gegend abgucken. Bei uns kommt erschwerend hinzu, dass Puschkin wie die meisten Vertreter seiner Rasse von Natur aus eher schüchtern ist; es könnte also durchaus sein, dass er sein Verhältnis zu den Mädchen nicht dadurch gefährden möchte, dass er ihnen zu nahetritt.

Robert, ein Freund von uns, der sein Leben derzeit mit sieben Hunden und drei Katzen teilt, sagt, er habe einen unkastrierten Kater und eine Katze volle fünf Jahre zusammen in einem Haus gehalten, ohne dass es zur Paarung gekommen wäre, und das, obwohl es sich um Freigänger handelte.

Fannie, die sich Aufmerksamkeit heischend laut miauend geradezu lasziv auf dem Rücken hin und her rollt, wird so völlig vom Paarungsinstinkt beherrscht, dass man sie als Verkörperung weiblicher Lust bezeichnen könnte. Lust, Sehnsucht und Sinnlichkeit vereinen sich in ihrem zierlichen, ruhelosen Körper, wenn sie sich unruhig hin und her wälzt und mit den Krallen, die sie beinahe krampfartig ein- und ausfährt, nach dem Laken greift. Diese leidenschaftliche Zurschaustellung wird abwechselnd von sinnlichem Stöhnen und einschmeichelnden »trillernden« Lauten begleitet, die auch einen Stahlträger zum Schmelzen bringen sollten.

Sofern er ihr überhaupt Beachtung schenkt, schaut Puschkin sich das Ganze nur gelangweilt und völlig desinteressiert an.

Titus wälzt sich nicht so viel herum. Sie verlangt vielmehr danach, auf den Arm genommen zu werden, um dann sofort ein lautes Schnurren anzustimmen. Dann will sie wieder runter. Und wieder rauf. Wieder runter. Anschließend legt sie sich auf den Rücken und möchte am Bauch gekrault werden. Dabei gibt sie die ganze Zeit eine Art anhaltendes, forderndes quäkendes Maunzen von sich. Besagte Lautäußerung ist sehr eindringlich und hört gar nicht mehr auf. Beschließt man jedoch, das Maunzen zu ignorieren, wird es immer lauter und lauter. Bei Michael und John ist sie besonders penetrant, und ich höre oft, wie Michael, der für gewöhnlich längere Gespräche mit ihr führt, sie anfleht, ihn in Ruhe zu lassen, wenn er vor dem Bildschirm sitzt. Manchmal entwickelt sich zwischen den beiden ein erstaunlicher, ebenso lustiger wie nerviger Austausch.

»Hallo, Tites.«
»Miau.«
»Alles klar, Tites?«
»Miau.«
»Zeit, die Bar zu eröffnen, Tites.«
»Miau.«
»Der erste Schluck des Tages, Tites. Komm rein, Tites.«
»Miau.«
»Ja, Tites.«
»Miau, miau.«
»Wie bitte, Tites?«
»Miau, miau.«
»Ich weiß, Tites. Wo ist Papas Liebling, hm?«
Laut: »Miau, miau, miau.«
Ziemlich genervt: »Ach, Titus, gehe doch zu Puschkin.«
»Miau, miau, miau, miau.«

Stille. Klappern auf der Tastatur. (Michael, nicht Titus.)
Nun wirklich sehr laut: »Miau, miau, miau, miau, miau.«
»Titus, verzieh dich. Geh zu Puschkin. Los, verschwinde. Weg mit dir.«
»Miau, miau, miau, miau, miau, miau, miau, miau.« Und so weiter und so weiter.

Tatsächlich bereitet mir Puschkins Zurückhaltung jedoch mehr Sorgen als Titus' Zustand.

Puschkin hat sich angewöhnt, sich auf meine Schulter zu legen, während ich tippe, aber inzwischen ist er so schwer und lang geworden, dass ich das Gewicht höchstens zehn Minuten am Stück aushalte, auch wenn er von sich aus diese Stellung noch weitaus länger beibehalten würde. Gerade eben ist Fannie herübergekommen und hat darum gebettelt, hochgenommen zu werden. Als ich sie nun auf meine Schulter hebe, bin ich verblüfft davon, wie leicht sie ist. Sie ist so schrecklich zart! Sofort kuschelt sie sich an meinen Hals und leckt mir das Haar, und ich bekomme eine Gänsehaut vor Wonne. Aber Titus ist diejenige, die wie ein treuer Hund stundenlang hinter mir auf dem Bett liegt, während Fannie meist das Zimmer verlässt, wenn ich Musik spiele. Titus und Puschkin bleiben hiervon unbeeindruckt.

Fannie und Titus haben meiner Meinung nach einige Charaktereigenschaften kleiner Tiger, während Puschkin, vielleicht aufgrund seiner Männlichkeit, seines breiten Halses und der kräftigen Schultern, mich mehr an einen Löwen erinnert. Er besitzt andere Eigenschaften, die nicht sonderlich löwenhaft sind und auch nicht unbedingt liebenswert. Puschkin hat schon als ganz junges Kätzchen Blähungen gehabt. Wenn man ihn im Arm hält und ihn zum Schnurren bringt, wird seine

Ekstase regelmäßig von extrem übel riechenden Winden begleitet. Als ich heute Titus streichle, springt Puschkin unvermittelt auf das Bett und lässt sich ganz in der Nähe ihres Kopfes nieder. Ich halte die Katzen in dieser Position, indem ich sie beide streichle, als Puschkin plötzlich gehen möchte. Da ich ihn festhalte, kann er nicht weglaufen und lässt direkt vor Titus' Nase einen lautlosen Pups fahren. Beide sehen richtig schockiert aus, und ich stehe lachend auf und lasse sie los, woraufhin sie sich in entgegengesetzter Richtung davonmachen. Es scheint, als gäbe es unter Katzen eine strenge Etikette und als hätte Puschkin durch meine Schuld einen Fauxpas begangen.

Das erinnert mich an einen Samstag vor einigen Wochen, als ich noch im Bett lag und Puschkin sich auf mir niederließ und sich mehrmals um die eigene Achse drehte, bevor er schließlich still liegen blieb, das Hinterteil meinem Kopf zugewandt. Aufgrund seiner ebenso stillen wie tödlichen Angewohnheit fuhr ich ihn an:

»Puschkin, wenn du furzt, bringe ich dich um.«

Ich hörte Michael in seinem Computerraum gegenüber herzlich lachen. »Falsch, Marilyn, wenn er furzt, bist *du* tot!«

Gerard und Sandra, Michaels Bruder und Schwägerin, und ihre beiden Söhne Ryan und Benjamin verbringen das Wochenende bei uns. Michael fährt mit Gerard und Ryan nach West Ham zu einem katastrophalen Fußballspiel (ihr Team, die Blackburn Rovers, verliert), während Sandra, Ben und ich uns daheim beschäftigen.

Fast den ganzen Samstag und Sonntag macht Ben Jagd auf alle drei Katzen. Titus gibt sich gelassen, und ich habe sie auf Michaels Schoß und mit Bens weißem Plüschhasen auf dem

Rücken fotografiert. Ben liebt sie für ihre Gutmütigkeit und raunt mir zu:

»Titus ist eine lächelnde Katze.«

Es stimmt, sie hat ein lächelndes Gesicht, ganz so wie ihr Vater. Kinder haben eine wundervolle, grenzenlose Fantasie, noch völlig frei von den Hemmungen der Erwachsenen. So hatte Ben seine Mutter beispielsweise erst vor ein paar Wochen in Bezug auf ihren jungen, temperamentvollen, hechelnden Border Collie Peggy gefragt:

»Warum hat Peggy eine Zunge wie eine Sprungschanze?«

Was für ein wunderbar plastischer Vergleich!

Titus hat sich also bewährt. Sie ist doch eine liebe, tolerante Katze, die sich einiges gefallen lässt und die man guten Gewissens als kinderfreundlich einstufen kann. Für die beiden anderen gilt das nicht.

Fannie zeigt sich anfangs noch freundlich, zieht sich aber recht bald zurück, während Puschkin keine zehn Minuten, nachdem Ben das Haus betreten hat, bereits abgetaucht ist. Als ich den vier Jahre alten Ben schließlich frage, wie er die Katzen findet, reißt er den Mund weit auf und gibt einen seltsamen Zischlaut von sich. Ich frage bei Sandra nach, was er meint, doch sie zuckt ebenfalls unsicher die Schultern. Das Rätsel wird aber schon kurze Zeit später gelöst. Als wir nach oben gehen, entdeckt Ben Fannie in unserem Schlafzimmer, und sobald sie ihn sieht, reißt sie das Maul so weit auf wie nur möglich und faucht laut und nachdrücklich. Zu meiner Verblüffung verhält Puschkin

sich genauso aggressiv, lässt sogar ein noch lauteres Fauchen hören und plustert sich auf. Dies geschieht, nachdem ich überall nach ihm gesucht habe und ihn schließlich zusammengerollt ganz unten in unserem Schrank entdecke, wo er auch bis zu Bens Abreise bleibt. Wenngleich Ben der Aufenthalt bei uns gefallen hat, denke ich, dass der Versuch, ihm zu vermitteln, dass Katzen kinderfreundlich seien, nur begrenzt erfolgreich war.

Kurz nachdem Sandra und Gerard heimgefahren sind in den Norden, trifft eine ganz süße Dankeskarte von Sandra ein, die der kleine Ben gezeichnet hat. Es könnte sich um Puschkin oder Fannie handeln, doch wahrscheinlicher ist, dass die Zeichnung Fannie darstellen soll. Auf der Rückseite schreibt Sandra:

Ben war ganz begeistert von den Katzen. Er erzählt jedem von ihnen und davon, wie sie mit den Menschen sprechen, wie zum Beispiel: ›Hau ab, Ben, ich bin nicht dein Freund.‹

Von Ende Januar bis in die erste Februarwoche hinein war es stürmisch, und das Unwetter hat erhebliche Schäden angerichtet. Vorgestern Nacht hat der Sturm Putz auf der Ostseite des Schornsteinkastens gelöst, und wenn gerade jemand dort vorbeigegangen wäre, hätte das übel ausgehen können. Der Katzenzaun wurde mehrfach umgeweht, sodass er nicht mehr so stabil und dicht ist, wie es sein sollte, und zwischen Zaun und Tor ein sichtbarer Spalt entstanden ist. Dreimal hintereinander haben wir Titus draußen im Garten einsammeln müssen, glücklicherweise zu eingeschüchtert, um sich auf die Straße zu wagen.

Einmal war sie länger als eine halbe Stunde draußen, ehe ich sie gefunden habe, und ich war anschließend entsprechend aufgelöst. Ich war hinausgegangen, um Wäsche in den Trockner zu bringen, da spürte ich plötzlich eine leichte Berührung an der Wade. Als ich nach unten sah, blickte Titus Hilfe suchend zu mir auf und stieß mich sacht mit der Vorderpfote an. Ich hatte sie noch gar nicht vermisst.

Kurz nach diesen Ausflügen in die große weite Welt höre ich, wie Titus Michael, der gerade am Computer sitzt, wieder mit ihrem fordernden Quäken belagert, und ich weiß einfach, ohne sie zu sehen, dass sie sich wild auf dem Boden wälzt und dabei mit den Beinen strampelt. Ich höre, wie er sie ernst zurechtweist:

»Tites, mir ist klar, dass du in den Garten möchtest, aber das wäre nicht gut für dich. Weißt du, was draußen im Garten passiert? Du wirst laut rufen, stimmt's?«

»Miau, miau, miau.«

»Genau. Und als Nächstes kreuzt dann dein Dad hier auf. Rot und flauschig und mit einem Lächeln auf dem Gesicht. Und du wirst ihn umwerfend finden, doch das wäre keine gute Idee.«

Stille.

»Dein Vater war ein wahrer Prachtkerl. Er war wunderschön und sah aus, als wäre er für jeden Spaß zu haben!«
»Miau, miau.«
Ich weiß noch genau, wie begeistert Michael war, als wir gemeinsam durch das Fenster den Kater sahen, der Otto umwarb. Damals schon hat er erklärt, das Kätzchen behalten zu wollen, wenn eines in dem Wurf so aussähe wie der »König der Löwen« (so nannte er den prächtigen Kater). Und genau das haben wir dann auch getan.

KAPITEL *14*

Heute haben Michael und ich uns mitten in einer Arbeitswoche einen Tag freigenommen, und ich widme meinem Schmuseritual mit Fannie im Bad mehr Zeit als gewöhnlich, während ich mit halbem Ohr einer Sendung über den größten aller Wale, den Blauwal, lausche. Der Meeresbiologe erklärt, dass der »Gesang« der Blauwale aufgrund seiner niedrigen Frequenz zwischen fünf und zehn Hertz für Menschen nicht zu hören sei und um das Zehnfache beschleunigt werden müsse, um ihn hörbar zu machen. Hiernach wird einige Minuten lang Blauwal-»Gesang« gespielt, der wirklich ganz außergewöhnlich klingt. Es ist ein tiefes, volltönendes Dröhnen, und Fannie ist plötzlich wie elektrisiert. Sie spitzt die Ohren und steht auf; sie macht große Augen, und ihre Pupillen sind geweitet. Ich habe sie noch auf dem Arm und fühle, wie ihr ganzer Körper sich solcher Art anspannt, dass sie sogar leicht zittert. Wie mag dieses kleine sensible Wesen diese Laute interpretieren? Die Wirkung ist jedenfalls beträchtlich, und ich bin vollkommen sicher, dass sie noch nie zuvor Blauwal-Stimmen gehört hat. Wenn ich am Computer sitze, spiele ich oft meine Lieblings-CD, ein Zusammenschnitt von Flöten- und Harfenmu-

sik, vermischt mit Delfin- und Buckelwal-Lauten. Den Katzen scheint es zu gefallen, da sie bei dieser CD immer alle drei dableiben, aber hört Fannie vielleicht irgendeine außergewöhnliche »Botschaft« aus den unterschiedlichen Klängen des größten Meeresbewohners? Der Moment verstreicht, und der Walgesang verstummt.

Fannie springt herunter und fängt an, sich zu putzen. Ich verstehe den Wink: Unsere Schmusestunde und ihr Interesse für naturwissenschaftliche Themen sind damit vorbei.

Als ich jedoch kurz darauf, nur in ein Badetuch gewickelt, am Computer sitze, springt Fannie, die offenbar eine Fortsetzung unseres Tête-à-Têtes im Bad wünscht und das Handtuch sicher als Aufforderung für eine weitere Schmuseeinheit deutet, mir auf den nackten Rücken. Vermutlich wollte sie auf der Rückenlehne des Drehstuhls landen und hat sich nur verschätzt. Jedenfalls gräbt sie mir die Krallen tief ins rechte Schulterblatt. Es tut höllisch weh, und ich gebe gern zu, dass ich einen anhaltenden lauten Schrei ausstoße. Sie fährt die Krallen wieder ein und lässt sich zu Boden fallen, noch bevor mein Schrei verklungen ist.

Michael kommt herein, um zu hören, was los ist, und sieht das Blut in meinem Nacken. Es ist nicht viel, reicht aber als Erklärung für meine Reaktion.

»Fannie, wie konntest du nur, nach allem, was Mami für dich tut?« Eine rein rhetorische Frage, natürlich. Fannie blickt vom Bett, wo sie mit einem senkrecht abgewinkelten Bein ihre Genitalien leckt, zu ihm auf. Ich stöhne theatralisch und wende mich wieder dem Bildschirm zu. Es tut weh, und ich fühle mich verraten. Als ich Michaels Angebot, mich mit

Pflaster, Wundspray oder Jod zu verarzten, stur ablehne, zuckt er die Schultern und geht wieder.

Ich bin also wieder mit Fannie allein und wende mich ihr mit zornigem Blick zu. Ich bin sauer und mache keinen Hehl daraus. Sie erwidert meinen Blick. Ganz langsam schließt sie die Augen bis auf schmale Schlitze und öffnet sie dann wieder. Sie macht kaum sichtbar das Maul auf und miaut so leise, dass es kaum zu hören ist. Als ich ein zweites Mal zu ihr hinübersehe, wiederholt sie den Laut noch einmal, wieder ohne die Lippen zu bewegen. Dieses Verhalten wissenschaftlich zu erklären ist natürlich unmöglich, aber aufgrund der sehr eindeutigen Wirkung dieses geflüsterten »Miau« auf mich sagt mir mein Instinkt, dass mir gerade etwas gewährt wurde, das man als Entschuldigung deuten darf. Ich will einfach mal behaupten, dass diese Katze (und somit vermutlich alle Katzen) in der Lage ist, etwas zu bedauern und diese Regung auch zu vermitteln. Ich gehe zum Bett, beuge mich zu ihr herab, und als ich sie drücke, höre ich ihr vibrierendes lautes Schnurren. Zwischen uns ist wieder alles in Ordnung.

Als ich sehr früh am Morgen aufwache, erinnere ich mich noch gut an einen sonderbaren Traum. Darin ziehen Michael und ich in ein altes, weitläufiges ehemaliges Schulhaus um. Wir sind Stunden unterwegs und haben selbstverständlich alle drei Katzen bei uns. Wir werden von jemandem empfangen, der Gordon verblüffend ähnlich sieht, ein sanftmütiger, wortkarger Bauer, den ich kannte, als ich noch in den Dales lebte, und der inzwischen leider verstorben ist. In dem Traum überprüfe ich immer wieder, ob auch alle Fenster und Türen fest verschlossen sind in meinem neurotischen Bestreben, die Katzen vor den Gefahren der Straße zu schützen, zumal sie ja in

dieser Gegend völlig fremd sind. Ich erkunde das Haus und staune über dessen Größe, während ich durch ein wahres Labyrinth aus Türen und Fluren wandere. Als wir um eine Ecke biegen, finde ich mich plötzlich in einem großen Raum wieder, bei dem es sich, wie Gordons Doppelgänger hinter mir laut erklärt, um das einstmals größte Klassenzimmer handelt. Zu meiner Verblüffung stehen sämtliche Fenster sowie zwei Türen weit offen, und durch diese hindurch kann ich jenseits der Dorfstraße eine idyllische hügelige Landschaft, ein abgelegenes Farmhaus und einen Feldweg sehen, über den in der Ferne ein Traktor rumpelt.

Ich höre Michael irgendwo im Haus lachen und rufen, während er unsichtbaren anderen Personen beim Hereinschleppen von Gepäck und Möbeln behilflich ist. Ich drehe mich um und sage zu Gordon zwei:

»Diese offenen Türen und Fenster! Wir müssen sie rasch schließen, damit die Katzen nicht rauslaufen. Schnell. Würden Sie mir bitte helfen?«

»Eine Katze, sagen Sie? Ich habe gerade draußen eine gesehen. Sie war tot. So eine habe ich bisher in der Gegend noch nicht gesehen.«

»Nein. Bitte sagen Sie, dass das nicht stimmt!«

»Doch, doch, sie war mausetot. Platt gefahren.«

»Ich ertrage das nicht. Nein! Nein! Nein! Welche Farbe hat sie? Welche Farbe?«

Hierauf folgt eine lange Pause, und Gordon zwei ist anzusehen, dass er sich ausgesprochen unwohl fühlt. Verzweifelt frage ich:

»Ist sie schildpattfarben? Ist sie grau? Rot? Ist es eine rote Katze?«

Immer noch keine Antwort, aber er bewegt sich leicht, und ich verstehe auch so.

»Es ist eine rote, richtig?« Ich fange an zu weinen. Ich heule Rotz und Wasser. Ich kann gar nicht mehr aufhören.

In diesem Moment wache ich auf, und obwohl es sehr dunkel ist, weiß ich, dass ich nicht in der alten Schule bin, sondern in unserem Moon Cottage. Meine Wangen sind nass, und das Kopfkissen ist feucht. Ich stolpere aus dem Bett und taste mich durch die Dunkelheit zu dem Sessel, auf dem Titus für gewöhnlich die Nacht verbringt. Sie liegt zusammengerollt da und schläft tief und fest. Ich vergrabe das Gesicht in ihrem Fell und atme tief ihren süßen Duft ein, fühle ihre Wärme.

»Ich hatte einen furchtbar bösen Traum«, gestehe ich ihr leise, immer noch ganz aufgewühlt. Sie schnurrt leise.

Wir haben Ende Februar, und unsere Freunde John und Kathy kommen uns mit ihrer Katze Delilah besuchen, Fannies und Titus' Tante. Ich hole sie mit dem Auto in London ab. Der armen Delilah wird auf der Fahrt schlecht, und sie erbricht sich im Wagen. Bei uns angekommen, wird sie zu allem Überfluss von den beiden Mädchen vom ersten Moment an angefeindet, ein Benehmen, das Puschkin sofort aufgreift, nachdem er aus tiefem Schlaf erwacht ist. Blinzelnd gesellt er sich zu den anderen und gibt sofort Laute von sich, die verblüffend an das drohende Zischen einer Otter erinnern. Nach diesem alles andere als freundlichen Empfang verbringt Delilah fast das ganze Wochenende in Johns und Kathys Schlafzimmer, obgleich wir die Tür offen lassen, und unsere drei Stubentiger lassen sie dort auch in Frieden. Von Neugier und dem Bedürfnis nach Gesellschaft getrieben, wagt sie sich jedoch irgendwann trotz allem nach unten. Titus versucht nun, sie zu verführen, was mich

eher traurig stimmt, aber wenigstens verträgt sich die gute alte Titus mit allem und jedem. Sie verhält sich inzwischen neutral, auch wenn sie in Sachen Geschlechterbestimmung offensichtlich Männlein und Weiblein nicht auseinanderhalten kann.

Das kann man von Fannie leider nicht behaupten, die die arme Delilah nach wie vor anfaucht wie verrückt, wenngleich sie sich am Sonntag wieder einigermaßen beruhigt hat. Am heftigsten reagiert jedoch Puschkin. Delilah ist die erste fremde Katze, der er begegnet (die zwei dominanten Mädchen, mit denen er zusammenlebt, kennt er ja seit frühester Kindheit), und für Delilah ist es die erste Begegnung mit einem Kater. Mit einer gewissen Spannung zwischen den beiden war also zu rechnen. Nach seinem eigenen anfänglichen Fauchspektakel zieht er sich den Rest des Wochenendes fast vollständig in den Kleiderschrank zurück, so wie er es bereits bei Bens Besuch getan hat.

Nachdem ich John, Kathy und Delilah heimgebracht habe, fahre ich am Abend durch sintflutartigen Regen zurück. Es schüttet schon seit Tagen. Trotz der anhaltenden Nässe ist es überraschend warm und schwül, sodass ich, nachdem ich zu Hause eine Flasche Wein entkorkt habe, die Hintertür öffne. Sofort stürmen alle drei Katzen begeistert ins Freie. Sie toben ganz schön herum, und ich höre Kies aufspritzen, sodass ich schließlich mit dem Weinglas in der Hand hinausgehe, um nachzuschauen, was da los ist. Da der folgende Tag ein Montag ist und Michael früh rausmuss, während ich frei habe, hat er sich schon hingelegt. Draußen entdecke ich einen Riesenfrosch. Einen so großen Frosch habe ich noch nie gesehen, weder in unserem Garten noch sonst wo. Die Katzen jagen ihn erbarmungslos von einer Ecke in die andere. Er scheint ernsthafte Schwierigkeiten zu haben, sich in Sicherheit zu bringen. Hüpfen, seine einzige Chance, sich vor den Katzen zu retten, scheint ihm überaus schwerzufallen. Mit den üblichen Schwierigkeiten gelingt es mir schließlich, die Katzen wegzusperren, und ich wende mich der Aufgabe zu, den Frosch aus seiner misslichen Lage zu befreien. Schließlich entdecke ich ihn im Licht der Taschenlampe in einer Ecke des Auslaufs und versuche, ihn zu fangen. Erst jetzt realisiere ich, dass ich es nicht mit einem, sondern mit zwei Fröschen zu tun habe, wobei der eine sich auf dem Rücken des anderen festklammert. Der untere Frosch ist mit etwa zwölf Zentimetern sehr viel größer als der obere, und das zusätzliche Gewicht behindert ihn (oder besser: sie, da es sich um das Weibchen handelt) erheblich in ihrer Bewegungsfreiheit, was ihr dann auch die Flucht vor den Katzen so schwer gemacht hat. Beide Augenpaare starren ängstlich mit geweiteten Pupillen zu mir auf, die grünlichbraune Haut mit den schwarzen Tupfen schimmert feucht, und die blassen Kehlen pochen vor Angst vor mir und den Katzen. Ganz sachte dirigiere ich sie hinaus in den Garten, wo sie so lange als unzertrennliches Paar umherhüpfen werden, bis das Weibchen seine Eier ablegt. (Ist ganz schön hart, der untere Frosch zu sein. So ärgert es mich schon seit Jahren, dass Frau zu sein allzu oft ganz automatisch bedeutet, dass man in der Wanne auf der Seite mit dem Abfluss sitzt. Nennen Sie mir nur einen einzigen Mann, der bei einem gemeinsamen Bad dieses Ende wählt, ohne dass man ihn vorab dazu aufgefordert hätte.)

Später erfahre ich von Michael, dass er früher am Abend, als es noch hell war, dasselbe Froschpaar vor dem Haus gesehen hat. Offenbar hatten die beiden die katzenmordende (und somit auch froschmordende) Straße überquert, um direkt vor unserer Haustür zu landen, wo Michael ein außergewöhnliches Foto von ihnen geschossen hat. Um sie vor dem »Todesstreifen« in Sicherheit zu bringen, hat er sie hinterher in den Garten gebracht, von wo aus sie nach Froschart unter der Einfriedung hindurch in den Katzenauslauf gekrochen sind. Keine gute Idee!

Der Anblick der beiden aneinandergeklammerten Frösche und die Assoziation mit der Badewanne erinnern mich an eine ungewöhnliche Geschichte, die mir Thomas erzählt hat, ein guter Freund, der mir geholfen hat, meine Hühner zu versorgen (damals lebte ich noch in Yorkshire). Als Thomas noch ein Teenager war, stellte sein Vater fest, dass der Eierertrag einer bestimmten Hühnerschar zu gering war, sodass er vermutete, dass Eierdiebe am Werk waren. Als er und sein Sohn an einem Sommertag ganz früh zum Hühnerhaus gingen, bot sich ihnen ein unglaublicher Anblick. Die unfassbare Szene stellte sich wie folgt dar: Eine große Ratte lag, alle viere in die Luft gereckt, auf dem Rücken und wurde langsam von einer zweiten Ratte am Schwanz durch das Gras gezogen, eine zweifellos schmerzhafte Prozedur. Der Grund für dieses ungewöhnliche Vorgehen ergab sich aus dem Ei auf dem Bauch der »abgeschleppten« Ratte, die ihre Beute mit den Vorderpfoten festhielt. Die Ankunft der beiden Männer machte den Eierdieben einen Strich durch die Rechnung: Sie ließen ihre Beute fallen und flüchteten. Mich lässt bis heute die knifflige Frage nicht los, wie die beiden sich darauf geeinigt haben, wer zieht und wer sich ziehen lässt? (Vermutlich wird man als weibliches Wesen eher abgeschleppt?) Thomas nahm an, dass die Ratten sich solche Mühe gegeben haben, um ihre Jungen zu füttern, die eine Vorliebe für frisch gelegte, noch warme Hühnereier entwickelt hatten.

KAPITEL *15*

Der Februar hat sich stürmisch dem Ende zugeneigt, und der März ist einmarschiert. Kürzlich hatten wir einen kleinen Frosch im Haus, und vor zwei Wochen hat uns eine Feldmaus besucht, die glücklicherweise entwischt ist, bevor die Katzen sie bemerkt haben. Als wir heute Morgen den Müll an die Straße stellen, der morgen früh von der Müllabfuhr abgeholt wird, benimmt Fannie sich höchst merkwürdig. Sie läuft immer wieder zur Hintertür und dreht dann eine Runde in der Küche, vorbei an der Waschmaschine, die in einer Ecke unter dem Fenster steht. Hin und wieder setzt sie sich auch vor das Gerät.

»Michael, ich glaube, da hat sich eine Maus oder sonst was versteckt.«

»Warten wir einfach ab, die Katzen werden das schon regeln.«

»Aber das ist dem Tierchen gegenüber nicht fair, außerdem hinterlässt die Maus überall ihre Köttel. Sie den Katzen zu überlassen ist unhygienisch und grausam.«

Es war den ganzen Abend sehr windig, und das Tor draußen schlägt auf und zu, obwohl es eigentlich fest verriegelt sein müsste, sodass ich beschließe, nach den anderen beiden Katzen zu sehen. Puschkin schläft auf einem Stapel frisch gebügelter Wäsche oben auf Johns Bett, und es sieht ganz so aus, als hätte er sich bereits zur Nachtruhe niedergelassen. Titus kann ich jedoch nirgends finden. Ich suche und suche. Panik steigt in mir auf. Alarmstufe Rot. Michael und ich gehen hinaus in den Garten und rufen minutenlang nach ihr. Nichts.

Als wir ins Haus zurückgehen, hockt Fannie vor einem etwa vier Zentimeter breiten Spalt zwischen Waschmaschine und Küchenschrank. Ich bin zunehmend überzeugt davon, dass eine Maus sich dort versteckt hält, und hole die Taschenlampe. Ich leuchte in den schmalen Spalt. Ohne zu blinzeln, starren in Katzenkopf-Höhe zwei große, reflektierende, rote Augen in den Lichtstrahl.

»Titus, was um alles in der Welt machst du denn da?«

Keine Antwort.

»Komm raus, los, komm sofort da raus.«

»Marilyn, wie um alles in der Welt soll sie das denn bewerkstelligen? Der Spalt ist doch gerade mal ein paar Zentimeter breit!«

»Irgendwie muss sie ja auch da reingekommen sein.«

Die Waschmaschine steht schräg in der Ecke, sodass rundherum keilförmige Aussparungen sind, aber nach vorne hin ist der Abstand zwischen den Küchenschränken rechts und links minimal. Ich zermartere mir das Hirn auf der Suche nach einem praktikablen Rettungsplan. Ich öffne die Schranktür, hinter der sich der Boiler verbirgt, und rufe ihren Namen. Sie muss dort hineingestiegen sein, als die Tür einen Spalt offen stand, während wir den Müll hinausgebracht haben. Dann muss sie sich am Herd vorbeigezwängt haben, der eingeschaltet sengend heiß wird (was für ein Glück, dass ich ihn nicht gebraucht habe), durch den Spülunterschrank, in dem ich Bleiche, Pulver und allerlei Reinigungsmittel aufbewahre, und von dort zur Waschmaschine, von wo aus sie durch den schmalen Spalt mit Fannie kommuniziert hat. Weiß Gott, wie lange sie schon dort festsitzt! Aber es ist nicht damit zu rechnen, dass sie auf demselben Wege wieder hinausgeht, auf dem sie hineingelangt ist. Immerhin ist sie eine Katze. Wir rufen mehrmals vergeblich. Schließlich ziehen wir mit einiger Mühe zu dritt die widerspenstige Waschmaschine heraus, und Titus kommt seelenruhig herausgeschlendert, voller Spinnweben, aber ansonsten offenbar ungerührt, als hätte es ihr nichts ausgemacht, noch Stunden dort drin zu hocken, wenn wir sie nicht entdeckt hätten. Sie geht rüber ins Esszimmer, setzt sich und beginnt mit einer umfangreichen Putzaktion. Als wir nun versuchen, die Waschmaschine an ihren Platz zurückzuschieben, stellen wir entsetzt fest, dass Fannie in die Lücke spaziert ist, vermutlich, um zu sehen, was es mit der ganzen Aufregung auf sich hatte und ob es das Theater wirklich wert war.

»O nein, junge Dame, vergiss es«, sagt Michael, packt sie beim Nackenfell und zieht sie unsanft heraus. »Das war genug Aufregung für einen Abend; von Waschmaschinen haltet ihr euch künftig fern, verstanden?«

Waschmaschinen und Katzen, das kann zuweilen eine gefährliche Kombination sein.

Als Titus, Fannie und ihr Bruder Beetle noch ganz klein waren, sind sie oft in die Waschmaschine geklettert, wenn schmutzige Wäsche in der Trommel war und ich vergessen hatte, die Tür zu schließen, sodass ich ständig Angst hatte, irgendwann die Maschine anzustellen, während sich noch ein Kätzchen zwischen der Wäsche versteckte. Jeanne Willis hat mir einmal eine Anekdote über ihre schildpattfarbene Mieze Wilbur (eine Kurzhaarkatze mit verhältnismäßig langem Fell) erzählt, über die ich Tränen gelacht habe. Jeanne hatte einige Wollsachen zusammen mit einem Auffrischer in den Trockner gesteckt, und nachdem sie das Gerät eingeschaltet hatte, ver-

riet ein dumpfes Geräusch, dass irgendetwas nicht in Ordnung war. Als sie den Trockner ausschaltete und die Tür öffnete, kam Wilbur herausgeschossen. Er schien das Abenteuer unverletzt überstanden zu haben, aber der Conditioner hatte seinem wild abstehenden Fell einen völlig neuen Look verpasst.

»Er sah aus wie eine Pusteblume!«, erzählte Jeanne und musste bei der Erinnerung herzlich lachen.

Derselbe Wilbur war zwei ganze Tage verschwunden und wurde schließlich in einem Schrank im Gästezimmer gefunden, in dem er die ganze Zeit eingesperrt gewesen war, während alle angenommen hatten, er sei draußen unterwegs. Der Schrank hatte vorn eine runde Scheibe, die aussah wie ein Bullauge. Dieses Bullauge war mit einem dezenten Vorhang versehen, und Wilbur war es bei seinen verzweifelten Versuchen, die Familie auf seine Notlage aufmerksam zu machen, gelungen, besagten Vorhang beiseitezuschieben, indem er auf einen Kleiderbügel geklettert war und sich von dort auf die Kleiderstange gehangelt hatte. Von da aus winkte er dann Hilfe suchend durch die Scheibe.

Mitte März übernachten unsere Freunde Geoff und Pat bei uns. Aus verschiedenen Gründen haben die beiden beschlossen, nach Frankreich auszuwandern, und sind dabei, den Umzug in die Wege zu leiten, indem sie ihr Haus verkaufen und den kompletten Hausstand über den Kanal schippern. Michael und ich beneiden sie zutiefst, auch wenn wir tief im Innersten trotz aller Vorzüge des Nachbarlandes niemals ernsthaft in Erwägung ziehen würden, unser geliebtes England zu verlassen und es mit den Komplikationen im Umgang mit einer anderen Kultur aufzunehmen. Aber unsere Gespräche und das gemeinsame Anschauen ihrer vielen Fotos weckt auch in uns wieder Sehnsucht nach dem Land jenseits des Ärmelkanals. Frankreich ist ein so zivilisiertes Land, und Geoff und Pat sind innerhalb weniger Wochen schon das zweite Paar aus unserem Freundeskreis, das beschlossen hat, dorthin auszuwandern.

Pat berichtet, dass sie die Hunde gegen Tollwut hat impfen lassen, sie aber nicht vor August, wenn sie ihre amtlichen Gesundheitspässe erhalten, wieder nach Großbritannien einreisen dürfen. Was die Katze betrifft, wollen sie deren Einreise anders regeln und sie einfach mitnehmen und dann in Frankreich lassen, anstatt sie beim Pendeln jedes Mal hin- und herzukarren. Pat macht sich sichtlich Sorgen, wo der Kater unterkommen soll, während sie sich um den Umzug und den Kauf einer geeigneten Immobilie in Frankreich kümmern. Wilbur tut mir leid. Er hat ein hartes Leben hinter sich, und es handelt sich um einen Notfall. Also biete ich an, ihm vorübergehend

Obdach zu gewähren (wobei ich mich insgeheim frage, was bei uns los wäre, falls sie mich tatsächlich beim Wort nehmen). Ich warte ein paar Tage ab, ehe ich Michael dieses Hilfsangebot gestehe. Er nimmt es mit einer Art resigniertem Optimismus auf, der Gute. Letztlich kommt Wilbur aber dann bei den Nachbarn unter, und die Angelegenheit löst sich in Wohlgefallen auf. Das war knapp, ihr Katzen von Moon Cottage!

Die Ostertage sind gerade vorbei und mit ihnen einige wunderbar milde frühlingshafte Tage, die teilweise sogar schon den bevorstehenden Sommer erahnen ließen.

Titus scheint mit Beginn der warmen Jahreszeit immer rastloser zu werden, und bei unserer Rückkehr von einem Einkaufsmarathon am Samstag erschreckt sie uns fast zu Tode. Nachdem wir den Wagen direkt vor dem Haus auf dem Bürgersteig geparkt haben, reiche ich die Tüten nacheinander an Michael weiter, der in der offenen Haustür steht und sie gleich in der Diele abstellt. Plötzlich ruft er:

»Titus. Unter dem Wagen. Schnell!«

Ich lasse mich auf die Straße fallen, die Wange dicht über dem rauen Asphalt, und sehe sie unter dem Auto kauern, während der dichte Verkehr an uns vorbeirauscht. Michael, der sich auf der anderen Seite des Wagens ebenfalls auf Augenhöhe mit ihr begeben hat, schafft es, Titus zu sich zu locken, und ich sehe, wie er sie mit einer Hand beim Nackenfell packt, sie unter dem Auto hervorzieht und ins Haus zurückträgt.

Michael und ich haben die Katzen inzwischen öfter in den Garten gelassen, eine willkommene Abwechslung für die drei Stubentiger, allerdings stellt sich bereits die Frage, ob das nicht ein Fehler war, da Titus und Fannie mittlerweile jedes Mal, wenn wir das Tor des Katzenauslaufs öffnen, versuchen zu entwischen. Wahrscheinlich fühlen sie sich inzwischen im Auslauf, der früher ein Stück Freiheit darstellte, eingesperrt. Wenn sie im Garten sind, laufen sie unruhig umher oder ste-

hen mit zitterndem Schwanz da, obwohl bisher anscheinend keiner von den dreien Anstalten gemacht hat, Pflanzen, Zäune oder Rasen zu markieren. Bisher haben sie auch Gott sei Dank noch nicht versucht, auf die Pergola oder auf Bäume zu klettern, es könnte nämlich schwierig werden, sie von dort wieder herunterzubekommen. Noch sind sie von den neuen Eindrücken da draußen derart eingeschüchtert, dass sie sich leicht einfangen lassen. Interessanterweise hat sich trotz der eindringlichen und weithin hörbaren Klagelaute, die sie von sich geben (vor allem Fannie), noch kein fremder Kater blicken lassen, unkastrierte Kater scheinen also nach wie vor Mangelware zu sein. Puschkin gibt sich weiter eigenbrötlerisch und bleibt alles in allem für sich, auch wenn er gelegentlich mit Titus spielt, die weniger zickig ist als Fannie. Heute habe ich ihn allerdings mal mit beiden beobachtet, und wenn er mit einer von ihnen allein ist, gibt er ihnen auch »Küsschen«, indem er ihnen kurz die Nase leckt, eine Geste, die beide Damen auch erwidern. Es scheint also doch eine gewisse freundschaftliche Beziehung zwischen ihnen zu bestehen.

Ist es möglich, dass Katzen miteinander spielen, indem sie sich gegenseitig bewusst hinters Licht führen? Ich habe schon öfter Situationen beobachtet, in denen Katzen bemüht waren, vor einem Artgenossen (oder auch einem Menschen aus ihrem näheren Umfeld) »das Gesicht zu wahren«. Als Puschkin sich beispielsweise an diesem Abend auf dem Bett umdreht und dabei, von Fannie und Titus beobachtet, leicht aus dem Gleichgewicht gerät, fängt er an, einen schwer erreichbaren Teil seiner Brust zu putzen, damit es aussieht, als wäre die Bewegung nicht Ungeschicklichkeit, sondern Absicht gewesen. Dabei ließ seine ursprüngliche Haltung ganz eindeutig darauf schließen, dass er nichts dergleichen beabsichtigt hatte. Regelmäßig kann man bei Katzen auch beobachten, dass sie sofort anfangen, sich zu putzen, wenn sie bei einer Landung aus dem Tritt geraten. Sie putzen sich dann so inbrünstig, als wäre das von Anfang an beabsichtigt gewesen.

Früher an diesem selben Abend war Fannie aus keinem besonderen Grund, vielleicht aus Eifersucht, urplötzlich auf das Bett gesprungen und hatte Titus gebissen, die dort friedlich schlief. Titus fuhr mit einem jaulenden Protestlaut hoch, sprang abrupt auf den Boden und tat demonstrativ so, als hätte sich etwas Interessantes unter dem Bett versteckt, das sie um jeden Preis mit einer Pfote herausfischen wollte. Fannie war von diesem Spektakel völlig fasziniert, schaute eine Weile wie gebannt zu und versuchte dann, ebenfalls unter das Bett zu gelangen. Exakt an diesem Punkt stand Titus auf und ging, den hoch aufgerichteten Schwanz zu einem eleganten Fragezeichen geschwungen, und ich hätte schwören können, dass ihr Gang höchste Selbstzufriedenheit ausdrückte.

Heute ist der neunundzwanzigste April, ein Tag nach Titus' und Fannies Geburtstag vor drei Jahren, und ein Tag vor meinem Geburtstag, der auch der Todestag meines Vaters ist. Ich notiere dies nur wegen eines wirklich sonderbaren Zwischenfalls im Bad. Fannie hat sehr nachdrücklich Einlass begehrt, obwohl ich noch gar nicht geduscht habe und sie für gewöhnlich wartet, bis ich damit fertig bin. Sie hasst es nämlich, wenn sie Wassertropfen abbekommt. Heute ist sie allerdings bereit für das volle Programm. Ich habe mir erst in der Duschkabine die Haare gewaschen und sie nicht weiter beachtet. Als ich dann kurz hinauslange und nach der Seife greife, sehe ich, dass sie mich unverwandt mit leicht offen stehendem Maul anschaut, mit starrem, beinahe hypnotischem Blick, ihr ganzer Körper sichtlich angespannt in höchster Konzentration.

»Hey, Schätzchen, alles in Ordnung?«, frage ich leise.

Sie mustert mich weiter mit starrem Blick, und ich fühle mich plötzlich zutiefst unbehaglich.

»Fannie, ich habe kein Gramm zugenommen, was gibt es da also zu gucken?«, rufe ich ihr beiläufig über die Schulter hinweg zu, aber sie starrt mich weiter an.

Was geht im Kopf einer Katze vor, und warum erahne ich in ihnen manchmal die Essenz von etwas, das nicht von dieser Welt ist? Es liegt nicht daran, dass sie mich anstarrt, das tut sie ständig. Vermutlich liegt es an ihrem halb offenen Maul. Ich bilde mir manchmal ein, dass ihr etwas von der Wesenheit meines verstorbenen Vaters innewohnt, auch wenn ich nicht erklären kann, wie und weshalb.

Am fünften Mai, exakt sieben Tage nach diesem Eintrag in mein Tagebuch, bringt Radio 4 eine Reportage über unterschiedliche Vorstellungen von einem Leben nach dem Tod, die mich nachdenklich stimmt. Eine bekannte buddhistische Reporterin erzählt, dass es im endlosen Zyklus des Rades völlig normal sei, in veränderter Gestalt und Lebensform auf die Erde zurückzukehren, und zwar immer wieder, so lange, bis man das Nirwana erreicht hat, einen in höchstem Maße erstrebenswerten Zustand, in dem man endlich frei ist und nicht länger die Sehnsucht nach irdischem Leben verspürt. Im Verlauf der Sendung erklärt sie, es wäre sehr wahrscheinlich, dass jemand in Gestalt einer Katze oder eines ähnlichen Tieres zurückkehre, um in diesem neuen Leben perfekte Harmonie zu erleben und endlich den ewigen Frieden zu finden. Am selben Tag berichtet in *Start the Week* eine Romanautorin von ihren vergeblichen Versuchen, Kontakt mit ihrem verstorbenen Ehemann aufzunehmen, um dann mit ungewöhnlicher Intensität mit den Worten zu schließen, es sei uns ebenso wenig erlaubt, mit den Toten zu kommunizieren, wie es diesen gestattet sei, in die Welt der Lebenden zurückzukehren. Das Wissen um das Jenseits stünde den Menschen nicht zu. Sie gibt zu, katholisch erzogen worden zu sein, und ist der Überzeugung, dass dieses »Verbot« dazu dienen soll, unseren Glauben an unsere letzte Reise zu stärken.

Beide Überzeugungen machen mich auf verschiedene Art nervös, und doch gefällt mir die Vorstellung ebenso vor dem Hintergrund des »überirdischen« Wesens der Katzen wie in meiner tief empfundenen Sehnsucht, meinem Vater wieder zu begegnen.

KAPITEL 16

Sommer

Ich rufe einen meiner Kunden zurück. Er ist jung, hip und durch und durch Metropolit. Es ist ein warmer Sommertag, und das Fenster steht weit offen. Ich habe ihn vom Handy aus angerufen, und wenngleich ich nicht weiter darüber nachgedacht habe, gehe ich davon aus, er werde annehmen, ich riefe aus meinem Londoner Büro an. Mittendrin fragt er aus heiterem Himmel:

»Woher um alles in der Welt rufen Sie eigentlich an?«

»Äh … Was meinen Sie?«, entgegne ich perplex.

»Es klingt, als telefonierten sie aus einem Park. Im Hintergrund ist eine ohrenbetäubende Kakofonie von Vögeln und irgendwelchem quäkenden Viehzeug zu hören.«

Genau da stimmt Fannie ihr durchdringendes Miauen an, mit dem sie einem zu verstehen gibt, dass sie geknuddelt werden möchte, und ich beuge mich herab, um sie ruhigzustellen.

»Nein, ich hab's. Sie rufen aus dem Londoner Zoo an.«

Der Sommer verspricht, nahezu perfekt zu werden. Die Sonne zieht Tag für Tag an einem tiefblauen Himmel ihre Bahn, und dazu weht eine angenehme leichte Brise. Wetter, wie es ewig bleiben könnte.

An einem unvergesslichen Mittwoch Mitte August bricht ein strahlend sonniger und heißer Tag an, ohne ein Wölkchen am Himmel. Michael und ich haben ausnahmsweise einen gemeinsamen Auswärtstermin und verlassen das Haus sehr früh am Morgen. Am Spätnachmittag ist unsere Arbeit erledigt, und wir beschließen heimzufahren, um noch eine Stunde daheim am Computer zu arbeiten. Als ich aufsperre und gleich darauf das Wohnzimmer betrete, schlägt mir bei dem Anblick, der sich mir bietet, sofort das Herz bis zum Hals, und ich bekomme schlagartig Kopfschmerzen. Hinter mir schnappt Michael ungläubig nach Luft.

Aufgrund der kleinen Fenster in unserem alten Häuschen mit der niedrigen Deckenhöhe ist es bei uns auch an den sonnigsten Tagen recht düster, aber noch bevor ich das Licht einschalte, sehen wir beide, dass Michaels Schreibtisch unmittelbar vor uns leer geräumt wurde. Jede Schublade und jedes Fach wurde herausgerissen und auf dem Fußboden ausgeleert. Als wir uns umdrehen, sehen wir, dass die Schränke ebenfalls offen stehen und der Inhalt auf dem Boden verstreut liegt. Der Fernseher steht schief, und überall liegen Kabel. Der Videorekorder ist verschwunden.

»Sah das heute Morgen schon so aus?«
»Machst du Witze?«
»Ich wollte nur sichergehen«, murmelt er schockiert.

Ich laufe in die Küche und rufe nach den Katzen. Als ich durch das Esszimmer hetze, nehme ich am Rande wahr, dass auch die Schubladen der Anrichte herausgezogen und entleert wurden. Auf dem Tisch türmt sich ein wildes Durcheinander von Gegenständen, und es sieht aus, als hätte hier ein Ausver-

kauf stattgefunden. In der Küche bleibe ich wie angewurzelt stehen. Das Sprossenfenster steht offen. Eine der etwa buchgroßen Scheiben wurde eingeschlagen, und so konnten die Einbrecher den Riegel von innen zurückschieben. Auf dem Fußboden liegt ein in der Sonne funkelnder Scherbenhaufen, durch den Titus auf und ab marschiert. Ich nehme sie hoch und rufe nach den anderen beiden Katzen. Nichts. Die Hintertür ist zwar geschlossen, aber die großen Eisenriegel wurden zurückgeschoben.

Michael kommt herein. »Schau du oben nach, ich sehe mich draußen nach den Katzen um.«

»Bist du verrückt? Die Kerle, die dieses Chaos angerichtet haben, könnten noch da sein«, protestiere ich feige.

»Tut mir leid, du hast recht. Lass uns zusammen raufgehen!«

»Moment noch.« Als ich mich abwende, kämpfe ich mit den Tränen. Ich öffne die Hintertür, laufe hinaus in den Garten und rufe nach den Katzen. Ein paar Minuten später kommt

Fannie auf mich zugelaufen. Sie zittert und ist sichtlich aufgeregt, scheint aber ansonsten okay zu sein. Ich nehme sie hoch und drücke sie an mich.

Jetzt rufe ich nach Puschkin, der bleibt jedoch verschwunden.

Zusammen gehen wir die Treppe hinauf, wobei wir uns wohl bewusst sind, dass wir die Treppe blockieren, sodass einem ungebetenen Gast mit unlauteren Absichten der Fluchtweg abgeschnitten wird, wodurch wir uns einer gewissen Gefahr aussetzen. Als wir das Schlafzimmer betreten, bin ich fassungslos angesichts des heillosen Durcheinanders dort. Offensichtlich haben sie den Laptop einfach vom Schreibtisch gerissen. Da der Computer mit dem Drucker verbunden war, wurde der ganze Schreibtisch mit allem Drum und Dran umgeworfen. Das Telefon hängt verkehrt herum an seinem Kabel über der Tischkante. Der Inhalt der Schubladen und Schrankfächer liegt wie im Esszimmer überall verstreut. Auf dem wieder aufgerichteten Schreibtisch stehen dort, wo vorher der Laptop stand, verschiedene Schmuckkästchen und Manschettenknopf-Schatullen sowie einige Gegenstände, die ich eine Ewigkeit nicht mehr gesehen habe. Kartondeckel, Slips, Socken, Ohrringe, Kämme, Strumpfhosen, Schuhe, Büroklammern, Bücher ... alles liegt auf dem Boden verstreut. Bei der Tür und draußen auf dem Treppenabsatz liegen einige Münzen, die offenbar bei einem hastigen Rückzug verloren wurden.

Wir rufen erneut nach Puschkin und schauen im großen Schlafzimmerschrank nach, seinem Lieblingsversteck, aber auch dort ist er nicht. Ich hetze wieder nach unten und hinaus in den Garten. Ich rufe und rufe und breche vor nervlicher Anspannung und Sorge in Tränen aus. Meine Nachbarin Shirley ist im Garten und hört mich weinen, woraufhin sie sich über die Mauer hinweg erkundigt, ob mit mir alles in Ordnung sei.

Ich antworte mit einer wüsten, schrillen Schimpftirade gegen die Einbrecher, die offenbar auch Puschkin gestohlen haben. Kurz darauf höre ich sie an der Haustür.

Ich stammele schluchzend: »Ich weiß, dass sie ihn gestohlen haben, weil er wie eine Edelkatze aussieht, und er ist so unbedarft, dass er niemals nach Hause zurückfinden wird. Er hat nicht mal ein Halsband und ist auch nicht gechippt.« Da wird mein Gejammer von Michael unterbrochen, der von oben herunterruft:

»Alles okay. Ich habe ihn gefunden. Er hatte sich ganz hinten im Schrank unter einem Stapel Handtücher verkrochen. Er zittert und scheint völlig verstört zu sein. Ich habe ihn rausgeholt, aber er ist gleich zurück in den Schrank und hat sich noch tiefer verkrochen.«

Natürlich bin ich unsäglich erleichtert, dass er wohlauf ist. Jetzt bin ich auch eher in der Lage, mir einen Überblick über den von den Einbrechern verursachten Schaden zu verschaffen. Wir gehen zusammen nach oben und sehen uns Johns Zimmer an, das nicht viel besser aussieht als unser eigenes. Mir fällt auf, dass eine große braune Schüssel, in der John immer Münzen liegen hat, leer ist, während sein Fernseher und sein Videorekorder noch da sind. Seltsam.

Michael wählt die Neun-Neun-Neun und meldet den »Zwischenfall«, dann warten wir auf das Eintreffen der Polizei. Wir werden angewiesen, nichts anzufassen, da die Spurensicherung vermutlich nach Fingerabdrücken suchen wird. Shirley kehrt zurück nach nebenan, selbst beunruhigt, da sie die Haustür hat offen stehen lassen und John, ihr Mann, noch nicht daheim ist. Die Spurensicherung trifft ein und pinselt überall Fingerabdrücke ein, vor allem aber auf und am Sims des Fensters, durch das die Einbrecher ins Haus gelangt sind.

»Hier sind zahlreiche Pfotenabdrücke«, stellt der Beamte fest, »aber soweit ich sehen kann, keine menschlichen.« Trocken fügt er hinzu: »Der Einbrecher scheint eine Katze gewesen zu sein.«

Wir stöhnen vernehmlich. Immerhin findet er auf anderen Gegenständen doch noch brauchbare Abdrücke und legt sogar einen gewissen Optimismus an den Tag, dass der Täter tatsächlich überführt werden könnte.

Als ich am darauffolgenden Tag, einem Donnerstag, heimkomme, ist auf dem Anrufbeantworter eine Nachricht: »Guten Abend, mein Name ist John Hall von der Spurensicherung der Polizeiwache North Waterford. Es geht um den Einbruchdiebstahl mit der Referenznummer ...«

Soweit wir wissen, wurde/n der/die Einbrecher nie gefasst, aber wenigstens wurden die Fingerabdrücke zusammen mit unseren eigenen zwecks Ausschlussverfahren der Akte angefügt. Ich frage mich, was genau die Einbrecher mit Puschkin angestellt haben. Er war noch Tage später spürbar traumatisiert, als wäre ihm in irgendeiner Weise Gewalt angetan worden. Auf meinem Computer befanden sich ein Teil des Buches, an dem ich schreibe und von dem es keine externe Sicherheitskopie gibt, sowie Fotos und einige andere Dateien, die unwiederbringlich verloren sind, ebenso wie der Schmuck, bei dem es sich teilweise um Erbstücke meiner Eltern und Großeltern handelte. Diese Stücke hatten für mich einen großen ideellen Wert, und auch Michael und John vermissen Dinge, die ihnen sehr wichtig waren. Verbrechen dieser Art, die man, objektiv betrachtet, als »Bagatellfälle« betrachten mag, sind für die Opfer viel belastender, als sich die Täter vorstellen können.

Schon am nächsten Tag werden unsere Gedanken an den Einbruch von etwas so Schockierendem und Furchtbarem verdrängt, dass es sich nur schwer in Worte fassen lässt.

Um halb sieben am Freitagmorgen schicke ich mich gerade an aufzustehen. Michael hat eben das Haus verlassen, um mit zwei Arbeitern auf der anderen Straßenseite zu sprechen, die sich freundlicherweise bereit erklärt haben, unser kaputtes Hintertor mit ein paar eisernen Streben zu reparieren. Da höre ich, wie er von einer jung klingenden Frau angesprochen wird, die sich erkundigt, ob er wisse, wem der Hund gehöre, den sie an der Leine führe. »Ja«, antwortet Michael ihr, »der gehört John von nebenan. Warum fragen Sie? Ist etwas passiert?«

Dann höre ich die unheilvollen Worte:

»Ja. Ich habe sehr schlimme Neuigkeiten.«

Ich bekomme nicht mehr mit, weil ihre Stimmen sich entfernen. Von Furcht erfüllt, springe ich aus dem Bett und laufe ins Bad. Da ruft Michael auch schon wie erwartet:

»Shirley weint, Mo. Du musst kommen.«

Die Frau, die mit Dante, Johns und Shirleys Labrador, draußen vor dem Haus stand, war Polizistin. Mehr weiß ich noch nicht, aber meine Fantasie spielt mir die furchtbarsten Schreckensszenarien vor. Ich gehe nach draußen, klopfe an die Tür zum Nebenhaus und trete ein. Die völlig aufgelöste Shirley wird von der Polizistin in den Armen gehalten. Ein

Jogger hat John tot auf der Brücke drüben am Kanal gefunden; Dante hat ihn beschützt und gebellt wie ein Wahnsinniger.

Der Labrador ist auch im Zimmer, als ich mich vor Shirley hocke und sie in den Arm nehme. Ich will mir gar nicht vorstellen, was sie gerade durchmachen muss. Es ist zu entsetzlich. Es ist ja sogar für mich unerträglich. Während Shirley weint und weint, geht Dante vor uns auf und ab. Dann packt er plötzlich seine Schlafdecke, schüttelt sie wild und knurrt dabei laut. Ich versuche, ihn zu streicheln, aber dann wird mir klar, dass auch er untröstlich ist.

Nach und nach setze ich das Puzzle der Ereignisse zusammen, die zum Erscheinen der Polizistin vor unserer Tür geführt haben: John befand sich gerade auf der Rückkehr von seinem Morgenspaziergang, als er einen massiven Herzinfarkt erlitt und tot zusammenbrach. Dante wich ihm nicht von der Seite. Als die Polizei vor Ort eintraf, befahl die Polizistin Dante, nach Hause zu laufen, was gar nicht so leicht war, da er anfangs nicht von Johns Seite weichen wollte. Schließlich führte der Hund sie aber dann doch nach Hause, wenn auch über einen kleinen Umweg, da er zuerst vor einem anderen

Haus stehen blieb. Die Beamtin klopfte an, und der verschlafene Hausbesitzer erklärte der Beamtin, dass seine Hündin läufig sei und er Dante weder kenne noch wisse, wohin er gehöre. Daraufhin sprach sie Michael an, da sie sich bei ihrer unerfreulichen Aufgabe nicht wieder von Dante in die Irre führen lassen wollte.

Als ich in Shirleys Küche stehe, wird mir mit unerbittlicher Deutlichkeit klar, dass ich Zeugin eines Schmerzes werde, der in seiner Intensität einfach nicht zu ertragen ist. Hilflos mitansehen zu müssen, wie Shirley mit der grausamen Tatsache zurechtkommen muss, dass ihre ganz besondere Beziehung zu John ein ebenso abruptes wie endgültiges Ende gefunden hat, ist eine unaussprechliche Qual. Wie ich jetzt erfahre, haben die beiden während ihrer Ehe nicht eine einzige Nacht voneinander getrennt geschlafen und nie auch nur ein böses Wort gewechselt. Der Schmerz wird kurze Zeit später auch für andere zur Realität, als die Beamtin zum Telefon greift und Shirleys Kindern Stephen und Karen die unfassbare Nachricht vom Tod ihres Vaters übermittelt. Und als wäre es damit noch nicht genug, muss Shirley selbst die schreckliche Neuigkeit Johns Mutter beibringen, die ausgerechnet an diesem Tag Geburtstag hat.

Um Shirley weiteres Leid zu ersparen, erkläre ich mich wenig später bereit, Johns Leichnam im örtlichen Krankenhaus zu identifizieren, eine gesetzlich vorgeschriebene Maßnahme seitens der Polizei. Als man mich zu ihm bringt, berührt mich der friedliche Ausdruck auf seinem Gesicht. Ich spüre, dass er seine Reise ins Jenseits bereits angetreten und seine irdische Hülle verlassen hat, eine irdische Hülle, bei der es sich leider ganz zweifellos um die seinige handelt. John war einer der nettesten und großherzigsten Nachbarn, die man sich nur vorstellen kann, und nie war ihm etwas zu viel. Überall an unserem Haus finden sich Zeugnisse seiner Hilfsbereitschaft. Michael und ich sind beide völlig überfordert, wo handwerkliches Geschick gefragt ist, und John hat uns beispielsweise bei der Installation einer echten alten Gaslaterne geholfen, die nie dazu bestimmt war, mit Strom versorgt zu werden, aber an ihrem neuen Platz einfach umwerfend aussieht. Dazu hat er passende Schalter und Stecker angebracht, Fensterriegel montiert sowie an manch anderer Stelle wahre Wunder in Sachen Befestigung, Verkabelung und Installation vollbracht. Darüber hinaus war er unglaublich nett, lustig und warmherzig, und die Welt ist ohne ihn ein großes Stück ärmer geworden.

Tieftraurig fahre ich heim und betrachte Michael bei seiner Heimkehr von der Arbeit am Abend mit noch mehr Wärme, Liebe und Dankbarkeit als gewöhnlich. Der harte Schlag, der die freundliche Familie nebenan getroffen hat, macht mir noch lange zu schaffen. Sie alle tun mir unsagbar leid. Dieser August, der so vielversprechend begonnen hatte, wird nun überschattet von jenem tragischen Ereignis.

KAPITEL 17

Montag, 23. September

Millionen von Briten sind gestern Nacht von einem höchst ungewöhnlichen Phänomen geweckt worden: Ein Erdbeben hat Autoalarmanlagen ausgelöst, Fensterscheiben zersplittern lassen und die Menschen in ganz England und vor allem Wales in Angst und Schrecken versetzt.

Tausende von Menschen riefen nach den Erschütterungen um null Uhr vierundfünfzig den Notruf oder ihre örtliche Polizeiwache an. Glücklicherweise wurden weder ernsthafte Verletzungen noch größere Schäden gemeldet.

Das Beben erreichte eine Stärke von vier Komma acht auf der Richter-Skala. Auf Weltebene ein kleines Beben, aber in England immerhin das stärkste seit einem Jahrzehnt. Um vier Uhr zweiunddreißig wurde noch ein leichteres Nachbeben der Stärke zwei Komma sieben gemessen.

Die Epizentren beider Beben wurden in etwa neun Kilometern Tiefe unter der Stadt Birmingham lokalisiert, aber das Hauptbeben war bis nach Süd- und West-Wales, Northamptonshire, Süd-Yorkshire, Oxfordshire und London spürbar. Glenn Ford von der British Geological Survey (BGS) sagte: »Wir würden es als ein leichtes Erdbeben einstufen. Das Epizentrum liegt unmittelbar unter der Stadt Birmingham, und die Feuerwehr musste bereits mehrmals wegen eingestürzter Kamine ausrücken.« Die Erde habe über einen Zeitraum von mindestens zehn bis fünfzehn Sekunden gebebt, hieß es weiter.[1]

Ich erwähne dieses Ereignis deshalb, weil in zahlreichen Büchern von Tierverhaltensforschern und anderen Wissenschaftlern erwähnt wird, wie Tiere auf Erdbeben und ähnliche Naturphänomene reagieren. Für mich als aufmerksame Katzenbeobachterin war es eine einmalige Gelegenheit festzustellen, inwiefern Katzen tatsächlich in der Lage sind, ein Erdbeben vorauszuahnen. Unglücklicherweise ahnte ich meinerseits nichts von dem bevorstehenden Ereignis. In der Nacht vor dem Erdbeben war Fannie tatsächlich besonders lebhaft und rannte in der ihr eigenen, beinahe zwanghaften Art durch das Haus, wobei sie sich streckenweise tänzelnd seitwärts bewegte, als würde sie von Geistern verfolgt, um dann wieder die Treppe hinaufzuschießen, sich hinter Türen auf die Lauer zu legen und weitere Gespenster anzuspringen. Allerdings führt sie sich öfter so auf, auch ohne von einem bevorstehenden Beben hierzu verleitet zu werden, und ihr Verhalten erscheint mir nur rückblickend auffällig. Hinterher ist man eben immer schlauer! Die beiden anderen Katzen haben sich ganz ruhig verhalten, wenngleich auch das als Vorahnung gedeutet werden könnte, nach dem Motto »Augen zu und durch«. Der Ehrlichkeit halber muss ich gestehen, dass ich in diesem konkre-

---

[1] Auszug aus dem *Guardian Unlimited*

ten Fall keinerlei Erkenntnisse beitragen kann. Ich würde ja gern behaupten, dass Fannie etwas gespürt hat, aber sicher bin ich mir da nicht.

Und doch war das Beben, wenn auch auf eine eher »unbebenhafte« Art, ziemlich dramatisch. Michael schlief schon, und ich war gerade zu Bett gegangen, als ich plötzlich ein gewaltiges Grollen hörte. Sämtliche Fensterscheiben klirrten, als führe ein riesiger, unglaublich schwerer Lastwagen zu schnell und zu dicht an unserem Haus vorbei. Ich stand sogar auf und schaute hinaus, aber natürlich war nichts Ungewöhnliches zu sehen, also zuckte ich nur die Schultern und legte mich wieder hin. Die Katzen machten einen gelassenen Eindruck. Sie waren wach und schauten mich an, aber das tun sie fast immer, bis ich das Licht lösche. Bei uns ist das Beobachten bis zum Ausschalten des Lichts ein festes Ritual, also auch hier nichts Bemerkenswertes. Und so war ich ehrlich überrascht, als ich am nächsten Tag die Nachrichten hörte, obwohl ich das Beben ja selbst wahrgenommen hatte.

Kinder und Tiere wissen oft mehr als wir Erwachsenen, die wir einen Teil unserer Wahrnehmung im Laufe der Jahre eingebüßt haben. Wir stumpfen ab und unterdrücken unsere Instinkte. Auf die Malerei übertragen, verhält es sich fast so: Nachdem wir endlich die notwendige Weisheit und das Wissen erlangt haben, das Konzept der Perspektive zu begreifen, scheinen wir nicht mehr den Mut und die Fantasie aufzubringen, mit denen ein vierjähriges Kind mit Genialität und unverfälschter Kreativität spontan ein Bild zu Papier bringt. Einfach so. Wir hingegen sind da eher geneigt, von irgendjemandem abzukupfern.

Früher in diesem Sommer hat uns Andrew, mein Stiefsohn aus meiner Ehe mit Geoffrey, mit seinen beiden Töchtern Maddie und Bridie besucht, und ich war entzückt von ihrer spontanen Liebe zu den Katzen und ihrer originellen Denkweise. Maddie hat mir anvertraut, sie finde, sie sei ein wenig wie Fannie:

»Wenn Daddy eine Party veranstaltet und viele Leute kommen, die ich nicht kenne, ziehe ich mich lieber zurück und esse etwas, oder ich halte den Kopf gesenkt, um mit niemandem sprechen zu müssen.«

»Tut Fannie das denn?«

»Ja, ich finde schon, zumindest so lange, bis sie einen näher kennt.«

Bridie, Maddies jüngere Schwester, hatte laut und voller Stolz verkündet, dass sie Titus besonders möge und genauso sei wie sie: »Sie hat rotes Haar, so wie ich, und wusstest du, dass alle Glückskatzen weiblich sind?«

»Das wusste ich nicht, Bridie, sonst hätte ich ihr gleich einen Mädchennamen gegeben.«

»Ich hätte es dir sagen können, wenn du mich gefragt hättest.«

Die drei waren außergewöhnlich locker, und diese Geisteshaltung übertrug sich rasch auf unsere vierbeinigen Mitbewohner. Sogar der Angsthase Puschkin und die schüchterne Fannie lernten rasch, den Mädchen zu vertrauen, und suchten sogar ihre Nähe. Andrew stieß sich kräftig den Kopf an einem niedrigen Türrahmen, als er sich bückte, um Puschkin den Bauch zu kraulen. Doch er tat dies mit einem Lachen ob der eigenen Unachtsamkeit ab. Sie haben drüben in Neuseeland auch Katzen, und das hat vermutlich erheblich zu der spontanen gegenseitigen Sympathie beigetragen.

Kurz vor Ende des Sommers fragt Damian, der keinen Hehl daraus macht, dass Fannie sein absoluter Liebling ist, welche der Katzen wir anderen bevorzugen. Ich gestehe, dass ich ebenfalls Fannie bevorzuge, weil sie so mädchenhaft, verletzlich und anhänglich ist, wobei ich sie natürlich alle drei von Herzen liebe. Ich füge hinzu, dass meiner Meinung nach

Puschkin Johns Liebling ist und Titus Michaels. Michael, der meine Worte mitbekommt, widerspricht sanft, aber bestimmt:

»Falsch. Ich bin Titus' Liebling. Das ist etwas völlig anderes. Ich ziehe keine von ihnen vor; ich liebe sie alle gleich.« Die Worte des weisen Vaters, der immer darauf geachtet hat, seine Söhne in gleichem Maße zu lieben.

Heute sind Damian und seine Freundin Jo nach Südafrika geflogen, einer neuen Arbeitsstelle und neuen Herausforderungen entgegen, und Michael und ich haben beide das etwas mulmige Gefühl, dass die Zeit rasend schnell vergeht, wenn der Nachwuchs erst flügge wird und das Nest verlässt. Auch wenn ihre Abreise uns traurig gestimmt hat, waren die beiden ganz aufgeregt bei der Aussicht auf ihr verheißungsvolles neues Leben und haben sich die letzten Stunden bis zum Flug bei Temperaturen über zwanzig Grad im Schutz des Sonnenschirms im Katzenauslauf mit lebhaftem Geplauder vertrieben.

Irgendwann im Laufe des Vormittags unternahmen Damian, Jo und John einen Spaziergang, und Michael und ich blieben allein zurück. Wir beschlossen, alle drei Katzen gemeinsam in den großen Garten hinauszulassen. Sie spielten miteinander, tollten herum, und es war wunderbar, sie in Freiheit zu sehen, aber dann näherte sich der Erste, dann der Zweite und schließlich der Dritte im Bunde dem hinteren Tor, das auf die tödliche Hauptstraße hinausführt, woraufhin mich der Mut verließ und ich sie in ihren Auslauf zurückbrachte. Alle drei hockten sich auf den Tisch und starrten hinüber in den Garten. Ich habe das schon früher bei Katzen beobachtet. Sie denken. Sie verbringen viel Zeit mit Grübeln. Unsere drei tauschten sich nicht aus, aber jede Einzelne von ihnen strahlte konzentrierte Nachdenklichkeit aus.

Der bittersüße Duft des Herbstes liegt in der Luft, und die neue Jahreszeit stimmt mich auch wegen meiner kurzen Besu-

che nebenan bei Shirley und manchmal auch Stephen und Karen melancholisch. Der Verlust des geliebten Mannes und Vaters setzt ihnen sehr zu. Der Schmerz sitzt bei allen dreien noch sehr tief, und Trauer ist die grausamste Wegbegleiterin überhaupt. Sie lässt einem keine Ruhe und fordert ständig volle Aufmerksamkeit, ungeachtet des Leides, das sie verursacht.

Derweil setzen die samtpfotigen Bewohner von Moon Cottage ihr eigentümliches, mal aggressives, mal liebevolles Miteinander fort. Manchmal spielen sie freundschaftlich, um einander gleich darauf wieder denkbar distanziert zu begegnen. Ab und an liegen ihre Gefühle offen, meistens aber bleiben ihre Emotionen oder das, was diese verursacht, im Verborgenen.

An einem warmen Abend sitze ich bei Einbruch der Dämmerung an unserem kleinen marokkanischen Tisch unter der Lampe, die von einem ganzen Schwarm nachtaktiver Insekten umschwirrt wird. Ich beobachte Fannie, und plötzlich wird mir bewusst, dass sich ein Ausdruck extremer Konzentration auf ihr Gesichtchen gestohlen hat. Ganz langsam und wie in Trance richtet sie sich mit ausgestreckten Vorderpfoten senkrecht auf. Äußerst vorsichtig packt sie mit beiden Pfoten eine kleine Motte und bleibt, wie von einer unsichtbaren Kraft gestützt, noch einen Augenblick hoch aufgerichtet stehen. Ihre Augen mit der markanten schwarzen Umrandung sind die einer echten Geisha. Sie trägt eine japanische Maske. Die Anmut ihrer Bewegung und die ballettartige Pose stehen in krassem Widerspruch zu dem brutalen Akt. Dann lässt sie sich langsam wieder auf alle viere sinken, öffnet die Vorderpfoten, und die kleine Motte flattert davon. Fünf Sekunden später pflückt sie die Arme jedoch bereits wieder aus der Luft, hält sie einen Moment in der nach oben gekehrten Pfote, schiebt sich das mit den Flügeln schlagende Insekt schließlich ins Maul und verspeist es.

Der September geht in den Oktober über, und die rollige Titus stellt Fannies und Puschkins Geduld auf eine harte Probe. Heute übertrifft sie sich sogar selbst, während ich mich mit Handwerker Matthew G. bespreche, der einen Wasserschaden im Esszimmer beheben soll, Folge eines Lecks im darüberliegenden Badezimmer. Wir stehen also im Esszimmer, und er misst die Wandfeuchte, wobei er wiederholt den Kopf schüttelt ob der hohen Werte, während sie sich auf dem Boden wälzt, was ja noch ganz niedlich aussieht. Als er sich aber herabbeugt, um sich auf einem Block Notizen zu machen, stolziert sie quer über den Tisch auf ihn zu und bietet sich ihm in eindeutiger, auch für Nicht-Tierkenner unmissverständlicher Pose an, wobei sie den Oberkörper senkt und dem armen

Handwerker miauend das Hinterteil mit seitlich abgewinkeltem Schwanz einladend vor die Nase hält. Der Mann wirft mir einen entsetzten Blick zu, woraufhin ich Titus vom Tisch nehme, auf dem Fußboden absetze und sanft mit dem Fuß wegschiebe. Ich summe leise vor mich hin und tue so, als wäre nichts gewesen. Das geht etwa drei Minuten gut, dann sehe ich aus dem Augenwinkel, wie Titus auf das Klavier springt und über den geschlossenen Deckel marschiert. Von dessen Ende ist es nur noch ein kleiner Sprung bis zum Tisch, und sie steuert wieder schnurstracks den Handwerker an. Es folgt eine exakte Wiederholung ihrer Paarungsaufforderung. Oh, Titus, hast du denn gar kein Schamgefühl?

An diesem Morgen legt sie sich für Puschkin hin und flirtet ihn, auf dem Rücken liegend, an. Verärgert beobachtet Michael, wie Puschkin hierauf mit der Vorderpfote nach ihr schlägt.

Ich nehme den Kater in Schutz. »Michael, es tut mir leid, aber wie man in den Wald hineinruft, so schallt es heraus. Fannie und Titus haben ihn so oft schlecht behandelt, dass sein Verhalten nicht weiter überrascht.«

»Wir besitzen den einzigen schwulen Kater in ganz Hertfordshire«, kontert er mürrisch. Ich bin sicher, dass er sich irrt.

Ein paar Abende später, während eines gemütlichen entspannten Essens mit unseren Freundinnen Hannah und Wendy, kommt John zu später Stunde heim. Er ist leicht angeheitert und hat sich das Jackett lässig über die Schulter geworfen, einen Finger durch den Aufhänger gesteckt: unser Mister Cool. Er nimmt sich ein Glas Wein, schaltet den Flirtmodus ein und beginnt eine geistreiche, witzige Unterhaltung mit den beiden Mädchen. Da wirft sich Titus, die ihn mindestens vierundzwanzig Stunden nicht mehr gesehen hat, vor ihm auf dem Boden und miaut zum Steinerweichen. Sie wälzt sich hin und her, stöhnt und maunzt, und ihre Paarungsrufe werden immer lauter und lauter. Wendy und Hannah lachen sich innerlich tot, während John unbeeindruckt weiterplaudert. Obwohl noch mitten im Gespräch, kommt er schließlich nicht mehr gegen die lautstarke schamlose und lustvolle Darbietung von Madame an und erkennt erst jetzt den Grund für die Heiterkeit der beiden Mädels. Er steht hastig auf, entschuldigt sich und zieht sich ins Obergeschoss zurück. Als ich mich umdrehe, sehe ich, dass die verschmähte Titus unglücklich am Fuß der Treppe hockt und schmachtende Blicke nach oben wirft.

»Das Leben ist hart, Titus!«, bemerkt Michael.

Wir unterhalten uns an diesem Abend über alles Mögliche, kommen aber immer wieder auf das Thema »Katzen« zurück und erzählen uns gegenseitig Anekdoten.

Wendy lebt seit einem knappen Jahr mit zwei Fundkatzen namens Oscar und Jemima zusammen. Als sie die beiden das erste Mal gesehen hat, waren sie seit acht Monaten im Tierheim und warteten auf ein neues Zuhause. Bei ihrer Aufnahme im Tierheim waren sie etwa vier Monate alt und bereits kastriert. Welche traurige Geschichte mag dazu geführt haben, dass sie von ihren Besitzern ausgesetzt wurden?

»Sie waren im selben Käfig untergebracht, und das Tierheim wollte sie nur zusammen abgeben. Wir gingen alle davon aus, dass sie Geschwister waren, aber wissen konnte man das nicht. Als ich die beiden daheim aus der Transportkiste ließ, weigerte Jemima sich anfangs, das Schlafzimmer zu verlassen, um zu fressen und zu trinken. Die zweite Überraschung war, dass die Katzen sich nach ihrer ›Freilassung‹ mieden, nachdem sie so lange Zeit im selben Käfig gesessen hatten. Kamen sie einander doch einmal näher, mündete die Begegnung unweigerlich in einen Kampf. Auch heute kommt es noch häufig zu heftigen Auseinandersetzungen, und fremde Umgebungen bringen sie nach wie vor völlig aus dem Gleichgewicht.«

»Meinst du, sie sind sich einfach furchtbar auf die Nerven gegangen, als sie zusammen eingesperrt waren, und haben nur darauf gewartet, endlich herausgelassen zu werden, um offene Rechnungen zu begleichen? Oder war es mehr eine Überreaktion auf eine Stresssituation?«

»Ich denke, sie waren schlicht überwältigt von so viel Bewegungsfreiheit, nachdem sie so lange auf engstem Raum eingesperrt waren. Das hat sie aus der Bahn geworfen.«

Am selben Abend berichtet Hannah uns von den bemerkenswerten Taten von Tiger, einem Kater, der bei ihr und ihrer Mutter in einer Wohnung in East Dulwich lebte, als sie etwa sechzehn war.

»Tiger war ein wirklich leidenschaftlicher Jäger. Ich meine, er war so was von leidenschaftlich bei der Sache! Er hat ständig irgendwelche Nahrungsmittel angeschleppt. Wir wussten nie, wo er die herhatte, und hofften, dass sie aus dem Müll stammten.«

»Was genau hat er denn angeschleppt?«

»Ach, alles nur Erdenkliche. Halb gegessene Koteletts, ein Stück Steak, einmal auch einen Fisch. Seine absolute Meisterleistung war jedoch eine Döner-Pita, die er eines Tages mitbrachte, komplett mit scharfer Soße und Salat. Er hat seine Beute volle drei Stockwerke hinaufgetragen, offenbar ohne auch nur ein Krümelchen zu verlieren.« Nachdem wir unsere Lachtränen getrocknet haben, senkt Hannah scheu den Blick und fügt hinzu: »Ich fürchte, ich muss davon ausgehen, dass er diese Jagdtrophäe irgendjemandem vom Teller geklaut hat, auch wenn wir natürlich nie erfahren haben, wo er sein Unwesen trieb, sodass wir auch das arme hungrige Opfer des dreisten Diebstahls nicht für das entgangene Abendessen entschädigen konnten.«

KAPITEL *18*

Als die Tage mit fortschreitendem Herbst kürzer werden, beschließen wir, das kalkulierte Risiko einzugehen, die Katzen tagsüber öfter in den Garten zu lassen. Obgleich sie immer noch ziemlich eingeschüchtert wirken von den Gerüchen und Geräuschen dort draußen, nimmt jede der Katzen ihrem Naturell entsprechend ihre ureigenste Position ein. Fannie vertraut offenbar ganz darauf, dass die Vögel irgendwann ihre Anwesenheit vergessen und zum Fressen zurückkehren, wenn sie nur lange genug reglos auf der Bank unter dem Vogelhäuschen sitzen bleibt. Dies war bisher noch nie der Fall, aber sie lässt sich von diesem Misserfolg nicht entmutigen. Titus verbringt ihre Zeit im Garten damit, an Grashalmen zu knabbern, wobei sie mehr an eines jener geliebten Dales-Schafe aus meiner fernen Vergangenheit erinnert als an eine Katze, doch hinterher geht sie immer ins Haus, um sich dort zu erbrechen (Fannie und sie benutzen ausschließlich das Katzenklo im Haus, ganz egal, wie lange sie sich draußen aufhalten), während Puschkin die äußere Gartenbegrenzung abgeht, Duftmarken absetzt und sein Revier mit Urin markiert. Das territoriale Verhalten scheint also angeboren zu sein. Allerdings muss ich gestehen, dass er sich hierbei in recht mädchenhafter Art hinhockt. Puschkin stellt das größte Risiko beim Ausgang dar, da er dazu neigt, in Panik zu geraten und dann kopflos in die Richtung zu rennen, die er als die sicherste empfindet, und das ist nicht zwingend das Haus. Ich bin glücklicher, seit ich ihnen mehr Freiheit einräumen kann, so eingeschränkt diese auch sein mag. Ich lasse sie nie länger als eine halbe Stunde am Stück im Garten, da nach dieser Gewöhnungsphase der Zaun und die Welt der Hauptstraße gleich dahinter eine zu starke Anziehung auf meine drei Samtpfoten ausüben.

»Michael, versprich mir, dass sie eines Tages die große weite Welt erkunden dürfen.«

»Eines Tages ganz bestimmt, versprochen.«

Als ich an einem faulen Samstag in meinen Schreibtischschubladen krame, stoßen meine Finger ganz hinten in der obersten Lade auf einen vertrauten Gegenstand, den ich impulsiv hervorhole. Es ist das kleine blassgrüne Samthalsband mit dem Glöckchen, das Otto, Titus' und Fannies Mutter, getragen hat bis zu jenem Tag, an dem sie draußen vor dem Haus überfahren wurde, als die Kätzchen gerade mal ein paar Wochen alt waren. Seit jenem Tag hat das Halsband vergessen in der Schublade gelegen. Ich betrachte es lange, erfüllt von Liebe und Trauer gleichermaßen. Schließlich werfe ich es ohne bestimmten Hintergedanken Fannie zu, die auf dem Sessel neben meinem Bürostuhl liegt. Ich rechne eigentlich nicht mit einer Reaktion oder höchstens damit, dass sie spielerisch danach greift. Umso überraschter bin ich zu sehen, dass sie völlig fasziniert zu sein scheint. Sie beschnuppert das Halsband immer wieder intensiv und beginnt schließlich, mit dem kleinen Glöckchen zu spielen, das sie abwechselnd mit den Pfoten anstupst. Der Anblick berührt mich zutiefst. Erinnert sie sich daran, dass ihre Mutter dieses Halsband getragen hat? Hat das Bimmeln des Glöckchens in Verbindung mit dem Geruch eine alte Erinnerung geweckt? Dann verliert sie das Interesse jedoch wieder. Kurz darauf wiederhole ich das Experiment mit Titus. Sie ist ebenfalls fasziniert von dem Geruch, wenngleich der vermutlich jetzt vermischt ist mit meinem eigenen und Fannies. Ich nehme das Halsband in die Hand, schüttle das Glöckchen und lasse es vor sie fallen. Titus starrt es hochkonzentriert an. In ihre Augen tritt ein leicht glasiger Ausdruck, und sie öffnet das Maul etwa zweieinhalb Zentimeter weit. Ich kann mich nicht erinnern, je gesehen zu haben, dass sie das Maul in dieser Art geöffnet hätte, obgleich Fannie dieses Verhalten öfter zeigt. Ich erkenne, dass es sich um ein sogenanntes Flehmen handelt, das heißt, sie »schmeckt« den Geruch des Halsbandes. Inzwischen liegt der Tod ihrer Mutter vier Jahre zurück. Kann dem Halsband überhaupt noch Ottos Geruch anhaften? Die Reaktion der beiden Katzenmädchen lässt dies stark vermuten, und obgleich Titus und Fannie erst sieben Wochen alt waren, als ihre Mutter überfahren wurde, ist es durchaus möglich, dass die frühkindliche Erinnerung an den Geruch sowie an das Bimmeln, das Ottos Kommen und Gehen begleitete, ihnen im Gedächtnis haften geblieben ist. In der Zeit nach dem Verlust ihrer Mutter haben die Kätzchen diese zwar sehr vermisst, jedoch auch rasch gelernt, alleine klarzukommen (die Überlebensinstinkte junger Tiere sind extrem ausgeprägt), sodass sich nur schwer abschätzen ließ, in welchem Maße sie tatsächlich trauerten.

Erwachsene Katzen hingegen sind zu wirklich erstaunlich tiefer Trauer fähig, wenn eine ihnen nahestehende Katze stirbt. Das geht häufig sogar so weit, dass sie fast verhungern, weil sie in ihrem Kummer die Nahrungsaufnahme einfach »vergessen«. Ich habe mich oft gefragt, ob Septis Krebserkrankung, von der ich in meinem Buch *Die Katzen von Moon Cottage* berichtet habe, möglicherweise von seiner Trauer um Otto ausgelöst worden sein könnte. Jeffrey Masson und Susan McCarthy vertreten in ihrem Buch *When Elephants Weep* sehr umfangreich und mit überzeugenden Belegen die Hypothese, dass Tiere zu tiefer Trauer fähig sind, womit sie an Charles Darwins Beobachtungen in *The Expressions of the Emotions in Man and Animals* anknüpfen und diese ergänzen.

Die Betrachtung einer anderen Art von Trauer, nämlich jener, die ein Mensch beim Tod eines geliebten Tieres empfindet, interessiert mich ebenfalls sehr, zumal ich denke, dass diese Form des Schmerzes, den viele Menschen durchleiden, aber die meisten Betroffenen lieber für sich behalten, stark unterschätzt wird. Ich habe es mehr als einmal als bewusstseinserweiternde Erfahrung empfunden, mir vor Augen zu halten, wie privilegiert ich bin, diese drei Katzen in solchem Umfang lieben zu können, und wie jeder Tierliebhaber weiß, muss man für ein so intensives Gefühl früher oder später immer einen hohen Preis zahlen. Das heißt nicht, dass ich meiner eigenen Spezies nicht ebenfalls sehr zugetan wäre. Ich will damit nur zum Ausdruck bringen, dass die Liebe eines Menschen zu einem Tier und möglicherweise auch jene eines Tieres zu einem Menschen eine ganz andere, eigenständige Art von Liebe ist. Häufig ist sie von einer Intensität, die sich von jener zwischenmenschlicher Beziehungen unterscheidet, vielleicht aufgrund des »blinden« Vertrauens, das beide Seiten zulassen und das der Kommunikation zwischen zwei verschiedenen Spezies zugrunde liegt. Die Beziehung zwischen Mensch und Tier ist von besonderer Reinheit und frei von Ambivalenz. Dieser selbe vertrauensvolle und liebevolle Blick, den Mensch und Tier wechseln, diese sanfte Berührung einer Pfote, die belohnt wird mit dem zärtlichen Streicheln einer Hand, das Kraulen eines Ohrs in einer ganz bestimmten Art und das hierauf folgende Kitzeln von Schnurrhaaren auf der Haut, das liebevolle Anstupsen einer kalten, feuchten Nase und der hierauf folgende wohlige Schauer – das alles führt zu einer tief empfundenen und dauerhaften gegenseitigen Liebe. Hinzu kommt, dass in dieser Beziehung nicht gelogen wird. Worte können dieses Band nicht zerstören, das vermag nur der Tod. Und wenn dieser dann eintritt (und in Anbetracht der vergleichsweise kurzen Lebensdauer unserer Haustiere, kommt der Augenblick der Trennung unweigerlich zu früh), reicht der Schmerz tief und lässt einen lange nicht los.

Es gibt ein wundervolles Essay in einem insgesamt bemerkenswerten Buch von Raimond Gaita[1], der erklärt, warum die Wissenschaft auf die Partnerschaft der Philosophie angewiesen ist, um unser Verständnis der Tierwelt zu vertiefen. Er stellt fest, dass fundierte, strenge und kontrollierte Beobachtungen sehr wichtig seien, diese jedoch gepaart sein müssen mit intelligenter emotionaler Resonanz, wobei die größte Herausforderung darin besteht, die richtige Sprache zu finden, um die ermittelten Ergebnisse zu kommunizieren. Er analysiert das Kapitel »Tod eines Hundes« in einem Buch mit dem Titel *Moral Questions* von Rush Rhees, in dem der Philosoph schreibt, dass die Trauer, die auch nach längerer Zeit noch unerträglich sein kann, sich von der Trauer um einen verstorbenen Menschen unterscheidet, wobei es in diesem Fall speziell um die Trauer um seinen Hund Danny geht (eine Beziehung, in der beide genau wussten, wie sie zueinander standen). Und auch das Bewusstsein, dass man *nur* um einen Hund trauert, mindert den Schmerz in keinster Weise. Er beschreibt den Verlust mit einem zeitlichen Abstand von zwei Jahren folgendermaßen:

---

[1] Raimond Gaita: The Philosopher's Dog, Routledge, 2003.

Wenn ich versuche, weiter an meinem Verständnis der Philosophie der Mathematik zu arbeiten (mathematische Induktion und Rekursion), wird mir bewusst, dass ich in meiner Lektüre und in meinen Ausführungen keinen Schritt ohne ihn gemacht habe, dass ich ihn in alles miteinbezogen habe. (Er schlief in der Ecke oder gleich da vorn.) Und wenn es ihn nicht mehr gibt – wie soll ich dann weiterkommen? Was soll ich dann noch hier?

Im September 2003 ist das erste Buch über unsere Katzenfamilie unter dem Titel *Die Katzen von Moon Cottage* erschienen, und Peter Warner, der herausragende Illustrator jenes (und auch des vorliegenden) Buches, der im ersten Band seinen bildschönen neunzehn Jahre alten Schildpatt-Kater Django als Modell für Michaels ebenso alten Septi verwendete, hat in der Lokalpresse und sogar im Fernsehen die Werbetrommel für uns gerührt. Als wirkungsvoller visueller Aufhänger war der gutmütige Django von Vertretern der Presse unzählige Male fotografiert worden, während das Fernsehen eine Fülle von Filmmaterial erstellte. Die Ergebnisse dieser Pressetermine waren dann später in der Presse und im Regionalfernsehen in Kent zu sehen. Leider erkrankte Django Anfang Oktober, als die Werbekampagne ihren Höhepunkt erreichte, und Peter pflegte ihn durch die letzten Stadien eines akuten Nierenversagens bis zum Tod. Die folgenden Worte sind von Peter. Er hat sie zum Gedenken an Django bei dessen Begräbnis am zwölften Oktober vorgetragen:

Django
Django ist um sieben Uhr am Donnerstag, den neunten Oktober, im Alter von neunzehn Jahren, drei Monaten und neun Tagen nach glücklicherweise kurzer Leidenszeit an Nierenversagen verstorben.

Er war allseits beliebt und selbst ausgesprochen liebevoll. Er war mit jedem gut Freund, am glücklichsten, wenn er auf einem

Schoß sitzen durfte, und im siebten Himmel, wenn man ihm das untere Ende des Rückens kraulte. Sein nach oben gerichteter verzückter Blick verriet dabei, wie sehr er diese Behandlung genoss.

Er saß in der alten Küche auf der Anrichte und starrte zusammen mit seinem Bruder Oliver entsetzt auf die Invasion von Solos Welpen.

So ungehobelt – aber interessant!

Obwohl das nur wenige wissen, hat er – angemessen zurechtgemacht – für unzählige Katzenfuttermarken Modell gestanden. Viele Jahre war er ziemlich unverfälscht als Go-Katze zu sehen sowie von 1986 an als lässig-elegante neue Whiskas-Katze mit mittellangem Haar, bis er dann in neue Werberollen schlüpfte. Er wurde für den japanischen Katzenkalender abgelichtet und später in den Band Perfect Cats aufgenommen. Erst kürzlich hat er dann für Septi aus Die Katzen von Moon Cottage *Modell gestanden. Ein echter Walter Mitty.*

Vor allem aber war er für mich und die Hunde der perfekte Gefährte: freundlich, genügsam und sanftmütig, seine Anmut und Körperbeherrschung eine wahre Augenweide. Sein leichtfüßiger Trab durch Gras und Laub war einzigartig, beinahe so, als schwebte er.

Und so ist unser Buch Die Katzen von Moon Cottage *so etwas wie ein Denkmal für ihn geworden. Nach mehreren Fototerminen in den vergangenen Wochen hatte er am Dienstag, den siebten Oktober, seinen ersten –*

und letzten – Fernsehauftritt in Meridian Tonight. *In den vergangenen Nächten schien es, als leuchtete der volle Mond all die leeren Ecken und Winkel der Küche aus auf der Suche nach dem einen, der die vergangenen neunzehn Jahre so allgegenwärtig war und unser Leben mit so viel Wärme erfüllt hat. Blue, meine Abessinier-Katze, scheint ebenfalls ganz verloren.*[2]

Und so möchte ich langsam diesen zweiten Teil meiner Katzenerzählungen aus dem Moon Cottage abschließen. Ich bin überwältigt von der Freude, die die Gesellschaft von Katzen mir und so vielen anderen bereitet. Ich kann nur hoffen, dass ich zumindest einen Teil dieses Geschenks an Katzen ganz allgemein und an meine eigenen im Besonderen zurückzugeben vermag. Ich liebe die meisten Tiere, man könnte sogar sagen, alle Tiere, und ganz oben auf der Liste stehen Wale, Delfine, Pferde und Hunde. Tatsächlich waren Hunde meine erste große Liebe, meine heutige Verehrung für Katzen hat sich erst viel später entwickelt. Sie sind nicht wertvoller als andere Tiere, sondern einfach sehr eigenständige Wesen, deren Raffinesse und Intelligenz mich auch nach Jahren noch faszinieren und an deren Possen ich mich nicht sattsehen kann.

---

[2] Peter Warner, am 12. Oktober 2003.

POSTSKRIPTUM

Ich war sehr gerührt von der Vielzahl von Lesern, die meine E-Mail-Adresse in Erfahrung gebracht und mir geschrieben haben, um mir allerlei Nettes zu sagen oder mir ihre eigenen bemerkenswerten Katzengeschichten zu berichten. Ich freue mich über jede Nachricht meiner Leser. Sie erreichen mich unter Mooncottagecats@hotmail.com oder:

Marilyn Edwards [More Cat Tales from Moon Cottage]
c/o Hodder & Stroughtojn
338 Euston Road
London NW1 3BH
England

Ich bin dabei, eine Website einzurichten, auf der man sich Fotos der Katzen aus diesem Buch anschauen kann. Die Adresse lautet:

www.thecatsofmooncottage.co.uk

Auch hier sind Nachrichten willkommen.

NACHWORT

Für Giles Gordon, dem ich dieses Buch widme

Eine Katze, die großen Einfluss auf mein Leben hatte, obgleich ich sie leider nie kennengelernt habe, ist ein kleiner Burma-Kater namens Harry. Dieser Kater gehörte einem wirklich bemerkenswerten Mann namens Giles Gordon, der mir viele Jahre ein enger Freund war und erst viel später zu meinem Literatur-Agenten wurde. Als Giles sich einverstanden erklärte, das Manuskript von *Die Katzen von Moon Cottage* zu lesen, seufzte er so tief, dass ich es durch das Telefon hören konnte, ehe er auflegte. Zuvor hatte er mich unmissverständlich darauf hingewiesen, dass er keine neuen Autoren mehr aufnehme. Später erzählte er mir dann, dass er an dem Abend, an dem er mein Buch las, noch drei andere Manuskripte lesen musste, was sicher nicht ungewöhnlich ist für einen Agenten wie Giles. Meins war das dritte, und so war der Abend schon weit fortgeschritten, als er mit der Lektüre begann.

Kurz nachdem er mit meinem Buch angefangen hatte, sprang sein Kater Harry auf seinen Schoß. Da mein Buch ihm gut gefiel, entspannte Giles sich, und Harry begann zu schnurren. In dieser entspannten Atmosphäre las Giles das Manuskript bis zum Ende, wobei er mit der freien Hand den schnurrenden Harry streichelte. Hinterher war er überzeugt davon, dass ich Harrys Segen hatte. Am nächsten Tag nahm Giles mich in seine Klienten-Datei auf. Der Rest ist Geschichte.

Ich hatte immer vor, Harry kennenzulernen und ihm die Pfote zu schütteln, da ich ihm ja etwas schuldig war. Entsprechend bestürzt war ich, als Giles mir im Oktober 2003 erzählte, Harry sei von einem Streifzug nicht heimgekehrt, worüber vor allem sein jüngster Sohn Leo sehr traurig sei.

Da ich Giles nicht immer wieder fragen wollte, ob es Neuigkeiten von Harry gebe, schickte ich seiner freundlichen und allzeit bereiten Assistentin Joanna eine Mail.

```
Von:        Marilyn
An:         Joanna
Datum:      28.Oktober 2003, 18.32 Uhr
Betreff:    Gefälligkeit

Liebe Joanna,

bitte entschuldigen Sie, dass ich Sie damit
belästige, aber ich mache mir solche Sorgen
und Gedanken wegen Giles' Kater Harry und
möchte nicht immer wieder den Finger in die
Wunde legen, indem ich jedes Mal frage, ob
Harry wieder da ist.
Sollte er jedoch wie durch ein Wunder wieder
auftauchen oder es sonstige Neuigkeiten zu
seinem Verbleib geben, wäre es wirklich sehr
freundlich von Ihnen, mich zu informieren.
```

Ich drücke ganz fest die Daumen, dass der kleine Kerl zurückkommt.

Liebe Grüße,
Marilyn

Von: Joanna
An: Marilyn
Datum: Mittwoch, 29.Oktober 2003, 9:58 Uhr
Betreff: RE: Gefälligkeit

Liebe Marilyn,

selbstverständlich gebe ich Ihnen gern Bescheid, wenn der kleine Kerl wieder auftaucht. Wir machen uns alle Sorgen um ihn. Die Katze meines Vaters war einmal für über ein Jahr verschwunden und kehrte dann eines Tages, als wir längst nicht mehr daran glaubten, unerwartet zurück. Weiß Gott, wo sie die ganze Zeit gesteckt hat! Wenn sie doch nur reden könnten!
Gruß, Joanna

Nach dieser Mail von Joanna bekam ich noch mehrere E-Mails von Giles, und dann, am Morgen des dritten November, einem Montag, kam der furchtbare Anruf von Joanna, in dem sie mir mitteilte, Giles sei Freitagnacht in seinem Haus in Edinburgh gestürzt, also in der Halloween-Nacht. Aber das fiel mir erst später auf. Später kam dann noch die offizielle Nachricht von Giles' Hauptniederlassung in London:

Wie bereits in der Presse berichtet, erlitt Giles bei einem Sturz in seinem Haus in Edinburgh schwere Kopfverletzungen. Er befindet sich derzeit im Western General Hospital in Edinburgh, wo er im künstlichen Koma gehalten wird. Eine Prognose werden die Ärzte erst in einigen Tagen abgeben können.

Ich war tief beunruhigt, da die Nachricht nicht gerade optimistisch klang, und es war schwierig, mehr in Erfahrung zu bringen, als in dieser Erklärung stand – zumal Giles' Autoren nachdrücklich gebeten wurden, nicht in der Klinik anzurufen.

Eine gute Woche verstrich, und in dieser Zeit kam ich selbst ins Krankenhaus: An beiden Handgelenken wurde ein Karpaltunnelsyndrom operiert. Am Tag meiner Entlassung, als ich noch ganz benommen und mit geschienten Armen im Bett lag, erfuhr ich von meiner Schwester Margot, die früher einmal Giles Sekretärin gewesen war, dass BBC Radio 4 die Nachricht von Giles' Tod bekannt gegeben habe. Michael hatte versucht, die traurige Neuigkeit vor mir geheim zu halten. Die Nachricht von Giles' Tod brach mir das Herz.

Ich hatte meinen Fels in der Brandung verloren. Giles, dessen Urteilsfähigkeit von vielen als unfehlbar eingestuft wurde, würde nie wieder ein Buch beurteilen. Vater, Ehemann, Bruder, Freund, Kollege, Agent, Autor, Gelehrter, Lebenskraft, Geist, Bonvivant ... das alles war nicht mehr. Dieser Mann, der gleichzeitig rücksichtsvoll und unverschämt sein konnte, liebenswert, weise, rebellisch, offen, mitfühlend, nervig, aufmunternd, respektlos, lustig und ein so guter Kumpel ... Nie wieder würde ich sein verschmitztes Lachen hören.

An diesem Abend weinte ich lange, ebenso wie in den folgenden Tagen und Nächten, aber bei all meiner eigenen egoistischen Trauer dachte ich doch auch an seine tapfere Frau Maggie, die in London arbeitete und zwischen der Hauptstadt und Edinburgh hin- und herpendelte. Es würde sie viel Kraft kosten, diese Krise mit ihren Kindern durchzustehen, von denen das jüngste gerade einmal vier Jahre alt war. Aber ich war überzeugt davon, dass sie es schaffen würde, da sie eine ganz bemerkenswerte und starke Frau ist, eine Frau, die Giles' würdig war. Ich empfand auch tiefes Mitleid mit seinen älteren Kindern aus erster Ehe, die nun viel zu früh auch noch den zweiten Elternteil verloren hatten. Hattie, seine älteste Tochter, hatte kürzlich erst ihr erstes Buch veröffentlicht, und Giles hatte mir bei unserem letzten gemeinsamen Mittagessen erzählt, wie stolz er auf sie sei.

Eine Woche später nahmen Michael und ich an der wunderschönen, ergreifenden Trauerfeier zu Giles' Ehren in der Kathedrale gleichen Namens in Edinburgh teil. Als ich erfuhr, wo die Beerdigung stattfinden sollte, erinnerte ich mich daran, dass Giles vor Jahren einmal zu mir gesagt hatte, er wette, er sei der einzige Mensch, den ich kenne, der nach einer Kathedrale benannt sei. Und es stimmt bis heute: Giles ist nach wie vor der einzige Mensch, den ich je gekannt habe, der nach einem Gebäude benannt wurde.

Beim anschließenden Empfang erfuhr ich, dass Giles' Kater Harry nie wieder aufgetaucht war. Einer der Trauergäste erzählte:

»Katzen ahnen schlimme Ereignisse voraus und verschwinden lieber, bevor es zu spät ist!«

Obwohl es natürlich albern war, überlief mich ein Schauer bei dem Gedanken daran, dass Giles an Halloween gestürzt war, und mir gingen allerlei verrückte Assoziationen mit Katzen und Hexen durch den Kopf. Um diesem Unsinn entgegenzuwirken, protestierte ich.

»Vielleicht ist Harry ja etwas zugestoßen.«

»Nun, in diesem Fall ist er schon drüben und wartet auf Giles.«

Giles, ich widme dir im Namen all deiner Autoren und all jener, die dich wahrhaft gekannt, geliebt und bewundert haben, die letzte Zeile meines ersten Buches, mit der du mich seinerzeit aufgezogen hast:

»Solange wir leben, wirst du nicht sterben.«

»Katzenfans werden dieses Buch lieben. Eine zarte Geschichte voller Liebe über die Autorin und ihre Katzen.« CELIA HADDON

Marilyn Edwards
DIE KATZEN VON
MOON COTTAGE
Aus dem Englischen
von Cécile G. Lecaux
208 Seiten
mit zahlreichen
Abbildungen
ISBN 978-3-431-03797-5

Humorvoll, anrührend und philosophisch: *Die Katzen von Moon Cottage* handelt von den Freuden und Tücken des Lebens mit Katzen. In einer wunderschönen Sprache erzählt die Engländerin Marilyn Edwards von Septi, der alten Herrenkatze von Moon Cottage, und von dem winzigen Kätzchen Otto, das bei seinem Einzug für viel frischen Wind in dem beschaulichen Landhaus sorgt.

Septi und Otto, die zwei tierischen Hauptdarsteller dieses Buches, haben nicht nur das Herz ihrer Katzenmutter Marilyn Edwards im Sturm erobert, sondern werden auch Ihres gewinnen - garantiert!

Lübbe Ehrenwirth

Kann Kater Koko wirklich hellsehen?
Und warum hat er sechzig Schnurrhaar?

Lilian Jackson Braun
DIE KATZE,
DIE GEDANKEN LAS
Roman
ca. 160 Seiten
ISBN 978-3-404-15958-1

Auch wenn die kleine Stadt Pickax 400 Meilen nördlich vom Rest der Welt liegt, wird es nie langweilig für Lokalreporter Qwilleran und seine Katzen Koko und Yum Yum: Das Musical »Cats« soll aufgeführt werden, die Proben sind in vollem Gange. Mitten im Trubel wird eine junge Frau von einer Biene gestochen – und stirbt! War es wirklich ein Unfall? Kater Koko benimmt sich jedenfalls seltsam. Wittert er ein Verbrechen? Qwilleran weiß, dass Koko niemals irrt und begibt sich auf die Spur des Täters.

Bastei Lübbe Taschenbuch

Stürmische Zeiten für Kater Koko

Lilian Jackson Braun
DIE KATZE, DIE
VOM HIMMEL FIEL
Roman
176 Seiten
ISBN 978-3-404-15731-0

Die kleine Stadt Pickax ist in Aufruhr. Das 150-jährige Jubiläum steht kurz bevor, und die Vorbereitungen laufen auf Hochtouren. Doch Lokalreporter Jim Qwilleran hat andere Sorgen. Harvey, der junge Mann, der seine Scheune zeichnen soll, macht schmerzhafte Bekanntschaft mit Kater Koko, als dieser sich wie ein Geschoss vom Balkon fallen lässt. Noch mysteriöser jedoch ist der plötzliche Tod von Harveys reichen Verwandten. Und als ob das nicht reicht, zieht wenige Tage vor dem großen Jubiläum ein Hurrikan auf die Stadt zu ...

Bastei Lübbe Taschenbuch

Werden Sie Teil
der Bastei Lübbe Familie

- Lernen Sie Autoren, Verlagsmitarbeiter und andere Leser/innen kennen

- Lesen, hören und rezensieren Sie unter www.lesejury.de Bücher und Hörbücher noch vor Erscheinen

- Nehmen Sie an exklusiven Verlosungen teil und gewinnen Sie Buchpakete, signierte Exemplare oder ein Meet & Greet mit unseren Autoren

Willkommen in unserer Welt:
www.lesejury.de